聖女の姉が棄て[illegible]約者に嫁いだら、
蕩けるほどの溺[illegible]ていました

Memeko
瑪々子

Illustration:Sena Tenryoji
天領寺セナ

CONTENTS

聖女の姉が棄てた元婚約者に嫁いだら、
蕩けるほどの溺愛が待っていました

第一章　姉の元婚約者

「メイナード様を、あなたにあげるわ」

「……えっ？」

唐突に姉のアンジェリカにそう言われて、フィリアは驚きに目を瞬いた。

メイナードは、姉の婚約者だ。それなのに、まるで飽きて興味のなくなったものを手放すかのような、事もなげに「あげる」と言う姉に向かって、フィリアは思わず眉を顰めた。

「でも、メイナード様との婚約は王命だったのでは？」

フィリアの姉のアンジェリカは、強い回復魔法の力が認められて聖女に認定されていた。そして、平民出身でありながらも際立った魔力で王国魔術師団を牽引し、魔物から国を守っていたメイナードは英雄と呼ばれ、魔術師団を支える聖女のアンジェリカと共に王国の発展に尽くすようにと、彼女との婚約を国王陛下から仰せつかっていたのだ。

「少し前までは、ね。でも今は、状況が違うのよ」

フィリアに向かって、アンジェリカは苛立ったように目を眇めた。

「私には、もう彼はいらないの。聖女である私が、これから彼の世話をし続けなければならないなんて、この国にとっても損失なのよ」

「……どういうことですか？」

姉の言葉の意味が呑み込めずに聞き返したフィリアに、アンジェリカは答えた。

「彼が魔物との戦いで瀕死の重傷を負って、死の淵を彷徨(さまよ)っていたことを聞いてはいなかった？」

「……!!　メイナード様は、それほどの大怪我を？」

初めて耳にした話に、フィリアの顔からはすうっと血の気が引いていった。言葉を失っていた彼女に、アンジェリカは続けた。

「彼が魔物との戦いに戻ることは、今後もうないわ。どうにか一命は取り留めたけれど、今のメイナード様は起き上がることすら困難なのよ。誰か付き添う者がいないと、生活だってままならないでしょうね」

「そんな……」

フィリアはからからになった喉から、どうにか言葉を絞り出した。

「お姉様は、メイナード様を愛していらしたのではなかったのですか？」

王命による婚約とはいえ、メイナードの隣に寄り添うアンジェリカの笑顔はいつも艶やかで、フィリアの目には幸せそうに見えていたからだ。

アンジェリカは少し思案げに口を噤(つぐ)んでから、フィリアに答えた。

「そうねえ。メイナード様の突出した魔法の力と、あの綺麗なお顔立ちは好きだったわ。でも、そのどちらも失ってしまった彼なんて、ただの平民に過ぎないじゃない」

吐き捨てるようにそう言った姉を、フィリアは呆然として見つめた。

（お姉様は、彼の能力と外見だけしか見ていらっしゃらなかったのかしら……）

小さく唇を噛んだフィリアに向かって、アンジェリカは薄く口角を上げた。

「だから、あなたに彼をあげると言っているのよ、フィリア。あなたは、私の婚約者だったというのに、彼のことがずっと好きだったでしょう？」

「……っ」

姉に返す言葉が見付からずに、フィリアは恥ずかしさのあまり頬が熱くなるのを感じながら俯いた。姉の言葉は図星だったからだ。かあっと頬を染めたフィリアを見つめて、アンジェリカは勝ち誇ったように笑みを深めた。

「ずっとこの家のお荷物だったあなたには、彼のお世話でもしながら日陰で過ごすのがお似合いよ。私には、もっと陽の当たる場所の方が相応しいわ」

そう言うと、姉はフィリアに背を向けて部屋を出ていってしまった。

（メイナード様……）

フィリアは、扉の閉まる音を聞きながら、愛しい人の顔を思い浮かべて、ぼんやりと姉の言葉を心の中で反芻していた。


フィリアの生まれたアーチヴァル伯爵家は、回復魔法に優れた魔術師を多く輩出していた名門の家系だった。けれど、ここ数代は目立った能力を持つ者に恵まれず、魔法の力が最も重視されるこの王国においては、家の維持と存続が危うくなっていた。

危機感を募らせていた当代伯爵の下に生まれたアンジェリカが、この国の貴族が学ぶ王立学院の入学試験時の魔力判定で、飛び抜けて優れた魔力を有していることがわかった時、両親は狂喜した。

「この子は、アーチヴァル伯爵家の救世主だ」

その上アンジェリカは、誰もが認めるとても美しい娘だった。鮮やかな蜂蜜色の髪に、宝石のような大きな碧眼を持つ彼女は、まるで人形のようだと幼い頃から褒め称えられていた。さらに成長した彼女が色気と美しさを増し、聖女の二つ名を得るほどの魔力が認められたことで、両親は異常なほどに彼女のことを溺愛するようになっていた。

アンジェリカの翌年に年子で生まれたフィリアも、姉のアンジェリカによく似た美しい蜂蜜色の髪と、姉ほどの華やかさはないものの整った顔立ちをしていた。けれど、フィリアは、右目はアンジェリカと同じく青い瞳だったけれど、左目は緑がかった碧眼だった。珍しいオッドアイに生まれついたフィリアは、両親からの愛情が、美しい姉が受けているものとは少し異なっていることを幼心に感じていた。

アンジェリカも、オッドアイのフィリアと姉妹として扱われることを嫌がった。フィリアはオッドアイを覆い隠すように前髪を伸ばし、姉の陰でできるだけ目立たないように過ごすようになっていった。

フィリアが王立学院の入学時に受けた魔力判定で、姉のアンジェリカとは対照的に最低ランクの評価を受けた時、両親からの姉との差別は決定的なものとなった。魔力判定までは彼女に向けられていた両親からの多少の期待が、完全に霧散した瞬間だったからだ。

両親の愛情も期待も、すべてがアンジェリカだけに向けられていることを、その後のフィリアは嫌でも感じざるを得なかった。アンジェリカも、フィリアのことを冷ややかに見下していた。

そんなアンジェリカの態度も手伝って、屋敷の使用人も、王立学院の学生たちも、陰に日向にフィリアへ心無い言葉を吐くようになった。

「フィリア様って、本当にあのアンジェリカ様の妹なのかしら？」

「あの長い前髪の間から覗くオッドアイ、何だか気味が悪いわ」

「姉妹といっても、容姿も魔力も比べものにならないもの。フィリア様は、すべての長所を集めたアンジェリカ様の搾りかすね」

せめて学業だけはと、魔法を直接使う科目以外では優秀な成績を収めていたけれど、それでも両親の視線は彼女に向けられることはなかった。

次第に周囲に心を閉ざすようになったフィリアに温かな言葉をかけてくれた数少ない人間の一人が、アンジェリカの婚約者となったメイナードだった。

さらさらと流れる黒髪に、知的な紫色の瞳をしたメイナードは、婚約者のアンジェリカのいるアーチヴァル伯爵家を訪れる度に、フィリアへも気さくに声を掛けてくれた。

アンジェリカが不満そうに顔を顰めても、他の者たちのようにフィリアを空気のように扱うこともなく、メイナードはその端整な顔立ちを綻ばせて、彼女を気遣う言葉をくれたのだった。

「フィリア、久し振りだね。元気にしていたかい？」

そんな何気ない一言がかけられる度に、フィリアの心は温かな人柄をしたメイナードに惹かれていった。彼がその美しい顔に笑みを浮かべる時、確かにフィリアの胸は高鳴ったけれど、何より、自分にも分け隔てなく向けられる彼の優しさが大好きだったのだ。

国の英雄と呼ばれるほど魔法の腕に優れた青年で、姉の婚約者。決して叶うはずのない想いではあったけれど、フィリアは彼を慕う気持ちをそっと胸の奥にしまい込んでいたのだった。

(彼ほどの方が、生死を彷徨うくらいの怪我を負ったなんて……。けれど、本当に私が彼のお側に行ってもよいものなのかしら)

まだ混乱した気持ちを抱えながら、フィリアは父と話をするために彼の書斎へと向かった。

フィリアが父の書斎のドアの前に立った時、部屋の中から話し声が漏れ聞こえてきた。

「それは本当かい、アンジェリカ?」

「ええ、お父様。私の婚約者は、メイナード様に代わって、先日魔術師団長に就任したダグラス様になると、もう陛下からも内諾を得ています」

「まあ、何よりね」

アンジェリカの言葉に、父と母がほっとしたように息を吐いたのが、フィリアにも扉越しにわかった。

「魔術師団でこそ私の力は活かされるべきだと、陛下も当然そう理解なさっていますもの」

「私もその通りだと思うよ、アンジェリカ。……だが、今後メイナード様はどうなるのだ?」

やや声を潜めた父に向かって返した、アンジェリカの笑みを含んだ声が聞こえる。

「ああ、それは。魔術師として使いものにならなくなったからと、彼をここで私が見捨てたように見えては、さすがに平民の心象が悪くなるのではないかと、陛下もそれを懸念なさっていたようですね。でも、それももう解決済みですわ」

「どういうことなの、それは？」

母の訝しげな声が続く。息を詰めるようにして耳を澄ませていたフィリアの耳に、姉の高い声が響いた。

「そこにいるのでしょう、フィリア？　入っていらっしゃい」

フィリアの肩がびくりと跳ねた。

（お姉様は、私がいることに気付いていらしたのね）

ガチャリとドアを開けて、フィリアは決まり悪そうに部屋に入った。そんな彼女を見て、アンジェリカがふっと笑みを零す。

「盗み聞きとは、いい趣味をしているわね」

姉と、その両脇で冷ややかな表情をしている両親を前にして、後ろ手でドアを閉めたフィリアは硬い顔で立ち尽くしていた。

「でも、今回は許してあげる。あなたのおかげで、私はメイナード様から解放されるのだから」

アンジェリカの言葉に、両親は戸惑ったように彼女とフィリアを交互に見つめていた。アンジェリカは微笑みを浮かべて続けた。

「妹が、どうしても彼の側で支えたいと訴えているのだと、そう陛下にお伝えしたの。聖女の私の妹がそこまで言うのならと、陛下も安堵したように納得して、メイナード様の婚約者を代えることに賛成してくださったわ」

（ああ、さっきのお姉様の言葉はそういう意味だったのね。私が答える前から、もうすべてが決まっ

ていたのだわ）

さっき聞いたばかりの姉の言葉を思い出し、フィリアはようやく合点がいった。姉の言葉は絶対で、フィリアにはこれまでも彼女に意見する権利などなかったからだ。

「お父様、お母様。どう思われますか？」

「ああ、非常にいい考えだと思うよ」

「フィリア、あなたがついていて差し上げれば、メイナード様も安心でしょう」

両親は揃って、フィリアが記憶している中では一番嬉しそうな笑みを浮かべていた。

フィリアは真っ直ぐに姉と両親を見つめた。

「承りました。けれど、メイナード様は納得していらっしゃるのでしょうか？」

アンジェリカはやや表情を険しくした。

「彼に選択権はないわ。……さあ、わかったら早く荷物を纏めて、彼のところに行ってちょうだい」

フィリアは静かに頷いた。

「はい。メイナード様をお支えできるように務めます」

それだけ言って、両親と姉に背を向けたフィリアの耳に、呟くような姉の声が届いた。

「……彼の姿を前にしても、今と同じ言葉を言えるかしら」

姉の言葉に困惑を覚えつつ、フィリアは父の部屋を後にした。


自室に戻ったフィリアは荷造りをしながら、今後について考えを巡らせていた。

「メイナード様のお側に行っても、今の研究の仕事を続けることはできるかしら……」

姉のアンジェリカとは異なり、魔力の弱かったフィリアは、在学中から文官を志していた。その明晰な頭脳を活かして文官の道を叶えた彼女は、今では王宮の一角にある研究所に勤務している。

国民にとって大きな脅威である魔物とどう戦うかは、昔から王国の一番の懸案事項だった。フィリアの研究対象は、そんな魔物の習性や特徴、そして魔物の種類ごとにどのような魔法が効き、襲われた場合にはどのように対処するのが最善かといった事柄だった。

魔物と一口に言っても千差万別で、ありふれた魔物もいれば、滅多に出くわさないような特殊な魔物もいる。その攻撃の方法も、魔法との相性も様々だ。一般にはあまり知られていないような、厄介な魔物への対処方法を、過去の歴史を紐解いて調べることもフィリアの仕事の一部だった。

魔物を倒して華々しい脚光を浴びる魔術師団とは異なり、研究職は地味な仕事である。強い魔力を授かっている者は大抵が魔術師団を目指すこともあり、採用人数の少ない狭き門である割には、注目を浴びることも少ない。フィリアの両親も、彼女が研究職の採用試験に見事通った時でさえ、特に興味を示さなかった。

けれど、そんな小規模で目立たない研究職の職場は、フィリアにとってはようやく見付けたささやかな居場所だった。普段は「聖女アンジェリカの出来の悪い妹」としてしか認識されていないフィリアでも、そこでは一人の研究者として認められるからだった。

回復魔法の力という意味では、フィリアはアンジェリカの足元にも及ばない。けれど、王国には回復魔法の使い手の母数自体が少なかった。弱いながらも回復魔法が使えるフィリアは、魔物から傷を受けた場合の対処方法の研究において、職場で重宝されてもいた。そんな研究職の仕事を辞することを想像すると、フィリアは後ろ髪を引かれる思いがした。

（でも、何をおいても、まずはメイナード様のお身体が第一だわ）

今まで叶わないと諦めていた彼の元に嫁ぐことを思うと、このような状況で不謹慎かもしれないとは感じつつ、フィリアの胸を切ないような甘いような感情が揺蕩っていた。これからはメイナードの側にいられると思うだけで、フィリアにとってはまるで幸せな夢を見ているかのようだった。

けれど、それと同時に、姉に残された不穏な言葉に形容し難い不安も覚えながら、フィリアは、身の回りのものと仕事の道具を詰め込んだ鞄の口を静かに閉じた。

＊＊＊

「ここが、メイナード様のお屋敷……」

大きな鞄を抱えて馬車を降りたフィリアは、メイナードの住む大きな屋敷を見上げた。王国では、貴族と平民の住む区画は分かれているけれど、彼の住む一角は貴族の住む側の地域にあった。

その土地は、彼が挙げた目覚ましい魔物討伐の功績の褒賞として国から与えられたものだと、フィリアは風の噂に聞いていた。

そこに建てられていたのは、瀟洒（しょうしゃ）で立派な屋敷ではあったけれど、ひっそりと静まり返っていた。フィリアが外門の前で馬車から降りても、まだ彼女を迎えに出て来る者もいない。

（やっぱり、お姉様と違って、私は歓迎されていないのかしら）

外門は不用心に細く開いていた。仕方なく、フィリアはその隙間を通って、重い鞄を携えて屋敷の玄関前まで歩いて行った。

フィリアは一回大きく深呼吸をしてから、屋敷の玄関口で声を上げた。

「ごめんください」

ようやく屋敷の中から足音が聞こえ、使用人と思われる一人の男性が玄関の扉を開いた。どこか疲れた様子で警戒心を覗かせていた男性に向かって、フィリアは丁寧に頭を下げた。

「私、アーチヴァル伯爵家から参りましたフィリアと……」

フィリアの言葉に、男性はその表情をぱっと輝かせた。

「ああ！　貴女様が、あの聖女様の妹君のフィリア様でしたか」

男性は彼女が抱えていた大きな鞄に手を伸ばしながら、にっこりと笑った。

「さあ、どうぞお入りください。荷物は俺がお持ちいたします。すぐにお迎えに出ることができず、申し訳ありません」

礼を述べたフィリアが屋敷の中に足を踏み入れると、広い屋敷だというのにあまり人の気配は感じられない。ほとんど灯りのついていない屋敷内は、昼間だというのに薄暗く、どこか重苦しい空気が漂っている。

廊下を歩きながら、戸惑いを隠せずにいるのに気付いたように、荷物を受け取ってフィリアを案内していた使用人は微かに苦笑した。

「ほとんどの使用人がメイナード様の元を去ってしまい、今ここに残っているのは俺を含む数名だけなのです。言い訳になってしまいますが、屋敷内の仕事にもなかなか手が回らない状況でして」

フィリアは小さく首を傾げた。

「それはどうしてですか？　メイナード様が大変な時でいらっしゃるというのに……」

彼は寂しげに表情を翳らせた。

「フィリア様は、聖女様からは詳しいことを聞いていらっしゃらないようですね。おいおいご説明いたしますが……まずは、旦那様のところにご案内いたします」

フィリアは胸騒ぎを覚えながら頷いた。使用人はしばらく廊下を進むと、大きな扉の前で立ち止まって軽くノックした。

「メイナード様。フィリア様がお見えです」

使用人がゆっくりと扉を開くと、フィリアの目には、部屋の奥に置かれている一台のベッドに横たわる青年の姿が飛び込んできた。ベッドの横には幼い少年が寄り添っている。

思わず小走りになってベッドに近付いたフィリアは、はっと小さく息を呑んだ。

「メイナード、様……」

随分とやつれた様子のメイナードの着衣の間からは、右の首筋から肩、そして腕にかけてびっしりと巻かれた包帯が覗いていた。けれど、それ以上にフィリアの目を引いたのは、彼の首元に浮かび上がっている、鋭い爪のような形をした禍々しい黒い痣だった。

（これは、いったい何かしら……？）

落ち窪んだ彼の目元と、そのこけた頬とは対照的に、奇妙な黒い痣に覆われた部分だけが不自然にむくんでいた。

逞(たくま)しくしなやかな身体つきで、美しい顔立ちをしていたかつての彼の姿は見る影もなくなっていた。

痛々しいメイナードの姿に、微かに瞳を潤ませたフィリアを見つめて、彼は弱々しい笑みを浮かべた。

上半身を起こそうとした様子のメイナードだったけれど、身体が思うように動かないようだった。

フィリアは急いで手を伸ばし、ベッドの側にいた少年と一緒に彼を助け起こした。

「フィリア。こんな僕のところまで、よく来てくれたね」

掠(かす)れたメイナードの声を耳にしたフィリアは、彼の唯一変わらないアメジストのような瞳を覗き込むと、微笑みを浮かべて、彼の痩せて骨ばった手を温かく両手で包み込んだ。

第二章　約束

フィリアは、メイナードの手から感じる体温に、しみじみと呟くように言った。

「メイナード様が生きていてくださって、本当によかった」

フィリアの言葉に目を瞠ると、メイナードは戸惑ったように彼女を見つめた。

「こんな姿になった僕でも？」

「ええ。メイナード様は、メイナード様ですから」

その時、フィリアはメイナードの脇からベッド越しにじっと彼女を見つめる瞳に気が付いた。今さっき、一緒にメイナードの上半身を助け起こした少年だった。

メイナードによく似た澄んだ紫色の瞳と、少し癖のある黒髪。そして幼いながらも品良く整った顔立ちから、フィリアにも彼が誰なのか一目でわかった。

「メイナード様の弟君ですね？　初めまして、私はフィリアと申します」

まだ探るように無言のままフィリアを見つめていた少年に向かって、フィリアはメイナードの手を放すと穏やかに笑いかけた。メイナードはフィリアに頷いた。

「ああ、そうだよ。彼は弟のルディだ」

ルディは小さく会釈をすると、まだ警戒を滲ませた様子でフィリアを見上げる。

「……お姉さんは、どうしてここに来たの？」

フィリアは少し戸惑いながら、メイナードとルディを交互に見つめた。

「あの、姉から何も聞いてはいらっしゃらないのでしょうか?」

「ああ、それは……」

口を開きかけたメイナードを、ルディは遮った。

「姉って誰のこと?」

「この国の聖女として、メイナード様とご一緒していたアンジェリカです」

フィリアの口からアンジェリカの名前を聞いたルディの顔が、みるみるうちに歪んだ。

「帰って! 今すぐに!!」

幼く愛らしかった彼の顔は、今は怒りに赤く染まっていた。唖然(あぜん)としていたフィリアに向かって、ルディは小脇に抱えていた人形を乱暴に振り上げた。

「よさないか、ルディ!」

メイナードの制止も虚しく、ルディは手にした人形を力任せにフィリアに投げ付けていた。彼女の胸元に当たった人形は、そのままぼとりと床に落ちた。

「すまない、フィリア」

「いえ、大丈夫です」

困惑していたフィリアの目の前で、ルディはその大きな瞳からぼろぼろと涙を零し始める。

「あの、アンジェリカっていう人……。聖女で、兄さんの婚約者だったはずなのに……」

ルディは唇を噛んでから、途切れ途切れに続けた。

「最初は兄さんを治そうとしていたけど、兄さんの身体が自分の手に負えないとわかると、だんだん

態度がぞんざいになっていって……」

ルディは袖口で目元をごしごしと擦ってから、悔しげにぎゅっと小さな拳を握った。

「最後にこの部屋を出る前に、兄さんを見て零したんだ。こんな姿になるくらいなら、死んでくれていた方がよかったのに、って」

(お姉様、まさか、そんな残酷な言葉を……?)

フィリアは、胸がぎゅっと摑まれたように苦しくなった。ルディから投げ付けられた人形が身体にぶつかった時の、ほんの小さな痛みよりも、ルディが受けた遥かに深い心の傷の痛みが、手に取るように伝わってきた。

拭われたはずのルディの瞳から再び溢れた涙が、彼の白い頰を伝っていた。

「お姉さんだって、さっきはあんなことを言っていたけれど、どうせ兄さんのことを見捨てるんでしょう? もうこれ以上、兄さんのことを傷付けないでよ……」

最後は消え入るような声でそう言ったルディは、堪え切れなくなったようにわっと泣き出した。申し訳なさそうな瞳でフィリアを見つめたメイナードに、彼女は視線を返してから、ベッドを周ってルディに近付いていった。

フィリアは、気持ちが伝わるようにと祈るような思いで、身体を震わせて嗚咽を漏らすルディをそっと抱き締めた。驚いたように、ルディの肩が小さく跳ねる。

彼女はゆっくりと言葉を紡いだ。

「姉が酷いことを言って、本当にごめんなさい。でも、私はずっとメイナード様のお側にいるためにここに来たのです」

二人の様子を見つめていたメイナードも、静かに口を開いた。

「フィリアはアンジェリカとは違うよ、ルディ。彼女は正直で、誠実な人だから」

「……」

フィリアの腕の中で、ルディは黙ったままだった。けれど、その強張っていた身体からは、少し力が抜けたようだった。

三人の様子を黙って見守っていた使用人が、ルディに近寄った。

「坊ちゃん。フィリア様は、メイナード様に嫁ぐためにこの家にいらしたのですよ」

はっとしたように、ルディは使用人を見つめ、そしてフィリアを見上げた。腕を解いたフィリアの横で、使用人はルディの頭を優しく撫(な)でた。

「さ、そろそろまいりましょうか、坊ちゃん。メイナード様のことが心配で、ずっとお側についていたのでしょう？　疲れも出ていることでしょうし、そろそろお部屋に戻りましょうか」

ルディはこくりと頷くと、使用人と一緒に部屋を出て行った。去り際に、使用人はメイナードとフィリアを振り返って頭を下げた。

部屋に二人きりで残されたメイナードとフィリアは、目と目を見交わした。メイナードはやや眉を下げると、ルディが出て行った部屋の扉を見つめた。

「フィリア、ルディがあんな調子で、本当にすまなかった」

「いいえ、ちっとも。むしろ、姉がそんなことを言ったなら、怒って当然です」

メイナードは小さく息を吐いた。

「なかなか、難しい年頃のようでね。正義感が強くて素直なんだが、少し直情的なところもあるんだ。大目にみてやってくれたら助かるよ」

「……兄思いの、素敵な弟君ですね」

瞳を細めたフィリアの様子に、メイナードの口元も綻んだ。

「そう言ってもらえると嬉しいよ。……ところで」

メイナードは真剣な表情になると、フィリアをじっと見つめた。

「アンジェリカから、話は聞いている。ああいった様子のルディには話すタイミングを逃していたが、それと同時に考えてもいたんだ。……君は、無理矢理に彼女から僕を押し付けられたのだろう？　こんな身体になった僕は、君の重荷にしかならない。優しい君に付け込むような真似をしたくはないんだ」

フィリアはすぐに首を横に振った。

「いいえ、これは私が心から望んだことなのです。もし私でよければ、ずっとメイナード様のお側に置いてはいただけませんか？」

ほんのりと頰を染めたフィリアに、メイナードは驚きに目を瞠るとしばらく言葉を失っていた。恥ずかしさに俯いた彼女を見て、メイナードはようやく口を開いた。

「本気かい？　アンジェリカも、多くの使用人たちでさえ、僕から離れていったというのに」

「はい。メイナード様の元に来ると決めたのは、私の意思です」

　フィリアは染まったままの顔を上げた。

「今までも、お会いする度に、私はメイナード様の優しい笑顔や言葉に救われていました。貴方様のお側にいられるなら、私は幸せなのです。……けれど、私では姉の代わりにはなれないでしょうか」

（メイナード様は、まだお姉様のことを想っていらっしゃるのかしら）

　降って湧いたようなこのメイナードとの縁談も、姉が何と言ったとしても、彼の気が進まないならば仕方ないと、フィリアはそう考えていた。

　華やかで美しく、聖女と呼ばれるほど強い魔力を持つ姉と、オッドアイを隠すように過ごしている、目立った取り柄のない自分とでは、比べるべくもないと思っていたからだ。

　いくら姉に辛辣な言葉をかけられたとはいえ、メイナードの気持ちがもしまだ姉にあるのなら、フィリアは彼に自分を受け入れるよう無理強いするつもりはなかった。

　緊張気味に少し表情を翳らせたフィリアの手を、メイナードはそっと取った。

「君にアンジェリカの代わりなど求めてはいないよ、フィリア」

　メイナードはふっと遠くを見るような眼差しをした。

「僕は確かに王命でアンジェリカと婚約していたし、彼女を愛せるように努力してはいたが、結局、彼女という人がわからないままだった。僕の努力が足りなかっただけかもしれないけれど。……彼女の回復魔法には感謝していたけれどね」

「それは、本当なのですか？」

　予想外の言葉に瞳を瞬いたフィリアに向かって、メイナードは頷くと優しく微笑んだ。

「アンジェリカには、最後にはっきりと拒絶される前からも、時々他人に向ける冷たさを感じることがあって戸惑ったけれど、君から受ける印象は彼女とは正反対だ。君は、思いやりのある素敵な女性だよ」

フィリアの頬に、さらにかあっと血が上った。

「さっきも、君の顔を見たら何だかほっと心が温まったんだ。君の言葉も胸に染みたよ」

(メイナード様、そんなふうに思ってくださっていたなんて)

メイナードの言葉に、フィリアの瞳が微かに潤んだ。彼は思案げに宙に瞳を彷徨わせてから口を開いた。

「できれば、君にお願いしたいことがあるんだ」

「はい、何でしょうか?」

メイナードは静かに続けた。

「君の言葉には、とても感謝しているよ。君がもし僕の側にいてくれたならどれほど嬉しいだろうかと、思わずそう考えてしまった。だが、僕が危険だと判断したら、ルディたちを連れてここを離れてくれないか?」

「……それはどういう意味ですか?」

困惑気味に瞳を揺らしたフィリアに、メイナードは自分の首元を指し示した。

「この、僕の首に広がっている黒い痣が見えるかい?」

「ええ」

頷いたフィリアに、メイナードは続けた。

「これは、僕がある魔物からこの身体に傷を負った戦いと同じ時に、ここに現れたものだ。日に日に広がってきているが、これは恐らく呪詛の一種だろう」

「呪詛、ですか？」

「そうだ。厳しい戦いだったが、どうにか勝利が見えた時、対峙していた魔物が絶命する直前に僕を睨み付けたんだ。その時から首が締め付けられるような違和感があって、見ればこのような黒い痣……いや、紋のようなものが浮かび上がっていた」

フィリアははっとして彼の首に広がる痣に目を凝らすと、小さく息を呑んだ。

「これは……」

遠目に見ると黒い痣のようにしか見えなかったけれど、近くでよく見ると、それは不思議な紋のようなもので構成されており、一定の規則性を持って並んでいるように見えた。

(確かに、そういう呪いを使う魔物がいると、古い文献で読んだことはあるわ)

非常に強い力を持つ高度な魔物に限った話ではあったけれど、自らの死を悟った魔物が、命と引き換えに敵に呪詛を用いるということは、過去にも起きていたようだった。

メイナードはふっと力なく笑った。

「はじめは首の下部に小さく現れていたこの紋様は、少しずつ広がっているんだ」

フィリアがよく見ると、メイナードの首元には細かな紋でできた幾本もの鋭い爪のような痣が、彼の首を締めつけるかのような格好で伸びていた。こくりと唾を呑んだフィリアに、メイナードは首の上部に現れている痣の先端を示した。

「今日も、ここに新しい紋が浮き出てきて痣が伸びたんだ。そのうちに、この痣は僕の顔までも覆うだろう。それまで、僕の命が持つかもわからないが」

「……！　そんな……」

フィリアは震える手で、彼の示した場所の側にそっと触れた。痣を形作る呪詛はまるで生きているかのように、よく見ると微かに蠢（うごめ）いているように感じられた。

メイナードはフィリアを見つめた。

「この呪詛が、僕の魔力も、生命力も奪っているのがわかる。まだ僕もどうにか必死に抵抗しているが、それも時間の問題だろう。それに、この呪いは、今は僕に向かってきているのが感じられるが、僕が耐え切れなくなった時、周囲まで危険に晒す可能性がないとも言い切れない」

「……だから、メイナード様は先程あのようなことを？」

「ああ、そうだ。気味の悪い広がる痣がうつると噂して、僕を恐れてこの屋敷を出て行った使用人たちは正しかったのだろうと思っているよ」

屋敷に人が少なかったことにようやく合点がいったフィリアは、メイナードを見つめ返した。

「私は、メイナード様のお側を離れるつもりはありません。でも、今の状況に手を拱（こまね）いているつもりもありません」

フィリアは彼の手にそっと自分の手を重ねた。

「私、仕事でもちょうどこのような分野が専門でしたし、メイナード様が助かる方法を必ず見付け出すとお約束しますから。……だから、そんな寂しいことは、もう仰らないでください」

メイナードはしばらく黙り込んでいたけれど、フィリアの瞳に浮かぶ強い意志を感じて、小さく頷いた。

「ありがとう、フィリア。君は優しいだけでなく、強い女性だね」

フィリアの温かな微笑みに、メイナードの両目には薄らと涙が浮かんでいた。

メイナードは少し目を伏せてから、再び口を開いた。

「呪詛のことは、ルディには言わないでもらえるかな？　彼は僕の身体のことを不安に思って、大分弱っているようだから、これ以上は心配をかけたくないんだ」

「ええ、わかりました」

フィリアが頷くと、メイナードは自分の手に重ねられたままになっている彼女の手を見つめて、ふっと表情を緩めた。

「君の手がこんなに温かかったなんて、知らなかったよ」

「あっ……！」

メイナードのことを少しでも励ましたくて、つい彼の手に手を重ねていた自分を自覚して、気恥ずかしくなったフィリアは慌てて手を引こうとした。けれど、それを見越したように、彼はもう一方の手をさらに彼女の手の上に重ねた。

骨ばってはいるけれど、滑らかで大きな彼の両手に手を挟まれて、フィリアの頬はまたふわりと熱を帯びた。

「君の気持ちの温かさまでもが伝わってくるようだ、救われる思いだよ。……身体がこんな状態になってからというもの、何もできない自分が辛くて、歯痒くて仕方なかったんだ」

メイナードは小さく息を吐いた。

「それに、日を追うごとに身体が悪化していくのが、目に見えて感じられたからね。僕はもう両親を亡くしているから、まだ幼いルディの今後を考えても、不安になって気持ちが塞いでいたんだ」

胸の中に溜まっていた思いを吐き出すかのように、メイナードはぽつりぽつりと言葉を紡いだ。そんな彼の言葉に、フィリアは静かに耳を傾けていた。

今まで、堂々と自信に溢れていたメイナードしか見たことのなかったフィリアは、初めて聞く彼の弱音に、身体だけでなく、心までもがいかに傷付いていたのかを垣間見たような気がしていた。

「……ご両親を亡くされているということは、今までメイナード様はルディ様とお二人で、使用人の方々とこのお屋敷に？」

「ああ。とは言っても、僕は魔物との戦いのために家を空けていることが多かったからね。ルディには、きっと寂しい思いをさせていたことだろう」

フィリアは幼いルディの泣き顔を思い出し、やや眉を下げた。

「魔物が出たと知らせを受ける度に、メイナード様は魔術師団を率いて戦っていらしたのですものね」

「……僕の力が認められるようになるまでは、ルディも僕も、平民の中でも貧しい暮らしをしていたからね。少しでもルディに喜んでほしくて、立派な家でいい暮らしをさせてやりたいという思いにも背中を押されていたのだが、その結果がこれだ。周囲の期待にも応えようとして必死になっているうちに、いつの間にか、僕は大切なものを見失っていたのかもしれない」

メイナードは微かに苦笑した。

「皮肉なものだが、こんな身体になってしまってから、ようやくルディともゆっくりと話せたよ。これほどの時間を彼と過ごせたのは、何年振りだかわからないくらいだ」

「そうだったのですね」

（メイナード様も、ルディ様思いの優しいお兄様ね）

弟のルディへの思いが端々に感じられるメイナードの話に、穏やかに相槌を打ちながら耳を傾けていたフィリアに、彼は温かな笑みを浮かべた。

「僕の話を聞いてくれて、ありがとう。君の優しさに甘えてしまって、すまないね」

「いいえ。メイナード様がお嫌でなければですが、その……私たちは、これから家族になるのですから。何か不安に思うことなどがあれば、いつでも共有していただきたいのです」

家族、という言葉を口に出す時に、フィリアの声は僅かに緊張に震えていた。

「家族、か」

メイナードはフィリアの言葉をしみじみと繰り返すと、彼女の顔を見上げた。

「もう一度聞くが、本当に僕などのところに嫁いでくれるというのかい、フィリア？」

彼は躊躇(ためら)いがちに瞳を揺らした。

「陛下も承知しているし、僕にはとやかく言う権利はないといったような話をアンジェリカからは聞いたが、君ばかりが苦労を背負う必要はないはずだ。以前とは違って、僕は怪我を負っている上にこんな呪われた身体で、しかも平民に過ぎない。あのまま魔術師団長を務めていれば、貴族位を授けられる予定だったと聞いてはいたが、こんな状況では白紙に戻っているだろう。……この家と幾ばくかの金くらいしか、僕には君にあげられるものはないんだ」

　フィリアはメイナードを見つめて微笑んだ。

「私は、家もお金も、何もいりません。先程もお伝えしましたが、ただメイナード様のお側にいられるのなら、それで十分なのです」

　以前からずっとメイナードのことを慕っていたと言う勇気までは、フィリアにはまだなかった。けれど、精一杯の想いを込めて、フィリアは彼に気持ちを伝えた。

　彼女の手を挟むメイナードの両手に、少し力が込められた。

「では、ありがたく君の言葉に甘えさせてもらうよ、フィリア。……僕には、アンジェリカではなく、君が聖女のように思えるんだ」

「えっ？」

　不思議そうに首を傾げたフィリアを、メイナードは眩しそうに見つめた。

「この国では、回復魔法に長けていて、魔力が高い者を聖女と呼ぶようだが。聖女とは本来、困難な状況にある者に救いの手を差し伸べて、希望の光を与える者のことを指す言葉ではないかと思うんだ。僕にとって、君はまさに聖女だよ」

　彼の言葉に、フィリアははにかみながらも幸せそうに笑った。

「私には過分なお言葉ですが、メイナード様に私がお側にいることを許していただけるなら、嬉しく思います」

「僕こそ、君が僕のところに来てくれたことを、神に感謝したい思いだ。……このような身体ですまないが、これからもよろしく、フィリア」

「こちらこそよろしくお願いいたします、メイナード様」

翳っていたメイナードの表情に少しずつ明るさが戻って来たのを見て、フィリアの胸の中もじわりと温まっていた。

和やかになった空気の中で、二人は微笑みを交わすと、メイナードは改めてフィリアを見つめた。

「さっきは僕の話ばかりを聞いてもらったが、今度は君の話を聞かせてもらえないかな？　それから、君がこの家で気になることがあるのなら、何でも言ってほしい」

フィリアはメイナードの優しさと誠実さを感じながら、ゆっくりと口を開いた。

「改めてお話ししようとすると、何から話せばよいものかと考えてしまいますが、そうですね。……先程、少し私の仕事の話をいたしましたので、そこからご説明させていただいても？」

「ああ、是非聞かせてほしい」

頷いたメイナードに向かって、フィリアは続けた。

「私の勤務先は、王宮にある魔物に関する研究所です。魔物の特性や弱点、また襲われた場合にどのような処置が最善かといった分野の研究が主な仕事の内容です」

メイナードは感心したように頷いた。

「研究所の報告書にはいつも助けられていたよ。君はあの場所で働いていたんだね、知らなかったな」

「ええ。考えてみれば、今まで実家でお会いする機会はあっても、それほどお話しする時間はありませんでしたものね」

姉のアンジェリカと一緒にメイナードがフィリアの実家を訪れていた時も、フィリアが彼と話していると、不機嫌そうな姉にすぐに会話を遮られてしまっていた。フィリアの仕事の話も、メイナードとの会話に登場する機会もなかったのだ。

彼は興味深そうに、フィリアに向かって瞳を輝かせた。

「あの研究所の報告書は、非常に質が高い。魔術師団や騎士団の仕事を陰で支えてくれているのは、君たちだよ。あの仕事に就けるのは、ほんの一握りの優秀な者だけだと耳にしていたが、君はやはり聡明な女性だね」

「いえ、そんなことは。それに、私には姉のような魔力はありませんでしたので、文官を志す他なかったのです」

メイナードは温かな瞳でフィリアを見つめた。

「謙遜(けんそん)することはないよ。君は努力して、自分の道を切り拓いたのだから。以前に少し話した時にも、君は遠慮がちではあったが、その知識の豊富さや言葉の選び方に、頭の回転の速い女性だなという印象があったんだ」

フィリアは頬に熱が集まるのを感じながら、メイナードに向かってはにかむように微笑んだ。

「私は、それほど褒めていただけるような人間ではありませんが、ただ、研究職の仕事は肌に合っていたようです。それに、地道に集めた情報や、過去の書物を紐解いた結果が、実際に魔物と戦っていらっしゃる方々に役立てていただけるのは、嬉しいことでしたから」

「ああ、本当に助かっていたよ」

柔らかな表情で頷いたメイナードを、フィリアは真剣な瞳で見つめた。

「メイナード様にかけられている呪詛に近い種類と思われるものは、古い文献で見かけたことがあります。当時は、近年の事案としては耳にしていなかったこともあり、踏み込んで調べはしませんでしたが、歴史上に例があるものならば、解決策も残されているはずです。必ず見付けてまいりますから、ご安心くださいね」

「ありがとう、フィリア」

フィリアは、メイナードの瞳に希望が宿っているのを見て、胸の中で小さく安堵の息を吐いていた。彼女がきっぱりとした口調で、メイナードを助ける方法を見付けると約束したことには、一つの狙いがあったからだ。

（メイナード様はご存知かわからないけれど、このように特殊な呪詛の類は、心を衰弱させることによって、身体までも蝕んでいくものが多かったはず。気持ちを強く持っていただければ、きっと、あの症状の進行を食い止めることにも繋がるはずだわ）

それに、フィリアは彼に告げた通り、絶対に彼を助ける方法を見付けると心に誓っていた。

ようやく瞳に光が戻ってきた様子ではあるものの、メイナードのやつれた様子を改めて見つめたフィリアは、彼の手に包まれているのとは逆の左手を小さく握り締めた。

「ただ、私は、メイナード様の呪詛を解くための知識を手に入れる手筈を整えたら、研究職は辞そうかと考えています」

「……それは、どうしてだい？　せっかく、やりがいのある職に就いているというのに」

メイナードの視線を受けて、彼女は再び口を開いた。

「メイナード様のお側についていたいからです。徐々にお身体は快方に向かっていくとは思いますが、見たところ、お身体を動かすことも辛そうなご様子。私にできることがあるのなら、できる限りお側にいさせていただきたいのです」

「だが……」

困惑気味に眉を下げたメイナードとフィリアの耳に、馬車の車輪の音が窓の外から響いて来た。二人は思わず目を見合わせた。

「誰だろうな。君の他には、来客の予定などなかったはずだが」

「そうなのですね？　どなたがいらしたのでしょうか……」

フィリアは窓際に近付くと、ちょうど窓から正面の場所に停まった一台の馬車を見下ろした。

（あら、あれは……？）

馬車から降りて来た人物の、さらりと流れる栗色の髪は、彼女には見覚えがあった。

「もしかして……」

そうフィリアが呟いた時、栗毛の主は屋敷を見上げ、窓から覗く彼女の姿に気付いた様子で、ひらひらと彼女に向かって手を振った。

窓の外から手を振る栗毛の青年を見て、フィリアは驚いたように彼に頭を下げると、不思議そうに呟いた。

「……あれはイアン様だわ、どうしてここに？」

「君の知り合いかい？」

問いかけたメイナードに向かって、フィリアはこくりと頷いた。

「はい。ちょうど今お話ししていた、私が勤めている研究所の所長です」

「そうか。君に会いに来たのだろうか」

程なくして、部屋のドアが軽くノックされた。

「メイナード様、お客様がお見えです」

開かれたドアの外側には、先程フィリアを出迎えたのと同じ使用人に案内されてやって来た、長身の男性——イアンの姿があった。

イアンはフィリアより十ほど年上の、伝統ある研究所においてはかなり年若くして抜擢された所長だった。彼はフィリアに微笑みかけてから、メイナードを見つめて丁寧に一礼した。

「突然お邪魔してしまって申し訳ありません、メイナード様。以前に、一度だけお目にかかったことがありましたね。申し遅れましたが、私は、フィリアと研究所で一緒に働いているイアンと申します」

イアンの頭の後ろで一つに束ねられた栗色の長髪が、さらっと揺れた。メイナードも彼に向かって、ベッドから半身を起こした状態のまま会釈をした。

「以前、魔物討伐の直前に戦術をご相談したことがありましたね。あの時は慌ただしいまま、ろくにご挨拶もできずに失礼しました。今は立ち上がることもままならず、このような状態で申し訳ありません」

「いえ、とんでもない。お怪我のことは伺いました。……あれほどの強力な魔物がまだこの国に潜んでいたとは、私も話を聞いて驚きました」

（英雄と呼ばれたメイナード様にここまでの重傷を負わせて、呪いまでかけた魔物とは、いったいど

のような魔物だったのかしら）

　二人の会話の内容に瞳を瞬いていたフィリアの疑問を察したかのように、イアンは彼女を見つめた。

「私も耳にしたばかりですし、フィリアはまだ聞いていなかったかもしれませんね。メイナード様たちの一行を襲った魔物は、大型の飛竜です」

　フィリアはイアンの言葉に息を呑んだ。

「あの、伝説の魔物と言われている竜ですか……？」

　メイナードがフィリアの言葉に頷いた。

「ああ。王国の端を走る渓谷付近の森に魔物が出たと聞いて向かった時、僕たちの前に立ち塞がったのは、蛇のような身体をくねらせて宙を舞う、空を覆うような大型の竜だった。僕も、はじめは自分の目を疑ったよ。まさか、今でもあんな魔物が生存しているとは思わなかったからね」

　フィリアはメイナードを見つめながら、その顔を強張らせていた。

「竜はまだ、この世に存在していたのですね。遥か昔に姿を消した、伝説上の存在のように思っていました」

（これほどのお怪我をなさったとはいえ、竜と戦って生きて帰っていらしたなんて。さすがは英雄と呼ばれるメイナード様だわ）

　フィリアは過去の文献で目にした、竜に関する記述を思い返していた。大蛇に翼を生やしたような姿をした竜は、非常に獰猛で危険な魔物として記されていた。一度出くわしたら最後、生還することは難しいとされるこの魔物からは、命からがら逃げ帰った者たちですらほんの一握りのようだった。

王国の渓谷の奥深くに生息するとされ、その存在が非常に恐れられていたことから、その付近に立ち入る者自体が、昔は少なかったようだ。

イアンがフィリアの言葉を継いだ。

「私も、竜と聞いて耳を疑いました。最近、渓谷沿いの森を通って隣国に向かった人々のうち、忽然と姿を消してしまった者が少なからずいたようですが、恐らく、あの竜に襲われたか、あるいは逃げようとして渓谷に落下したかのいずれかだったのでしょう」

彼はメイナードに感謝を込めた瞳を向けた。

「メイナード様があの魔物を退治してくださったおかげで、その後被害は出てはおりません。メイナード様が受けた傷は、大き過ぎる代償ではありましたが、確かに、貴方様はまたこの国の人々を救ってくださったのです」

イアンは痛々しいメイナードの姿に心を痛めている様子で表情を翳らせていたけれど、次にその瞳をフィリアに向けた。

「それでですね、フィリア。私がここに来た理由ですが……」

イアンはポケットから一通の手紙を取り出した。

「あ、それは……」

フィリアが見つめたイアンの手には、メイナードの元に嫁ぐ予定であること、彼の側にいるために近いうちに仕事を辞する可能性が高いことと、数日間の休暇を申請する旨をフィリアがしたためた便箋が握られていた。昨日彼女が荷物の準備をし終えた後に、急いでイアン宛てに送ったものだった。

「貴女から受け取った、この手紙ですが。急ぎアーチヴァル伯爵家を訪ねたら、もう貴女は家を出たと聞いて驚きましたよ」

苦笑したイアンに、フィリアは申し訳なさそうに眉を下げた。

「わざわざ私の実家まで訪ねてくださったのですね、失礼いたしました」

「いえ。それより本題ですが、退職願いのようにも見える貴女の手紙を読みましたが、私には、これを受け取る気はありませんのでね。それを貴女に伝えたくて来たのです」

「でも、イアン様……！」

慌ててイアンに向かって口を開きかけたフィリアに向かって、彼はそのエメラルドのような理知的な瞳をすっと細めた。

「私は貴女の能力を買っているのですよ、フィリア。貴女は、辞めさせるにはあまりに惜しい人材です」

フィリアは、イアンの思いがけない言葉に微かに頰を染めた。

「イアン様、もったいないお言葉をありがたく思います。でも、私は、今はメイナード様のお側に付き添っていたいと思っておりまして……」

イアンの深い緑色の瞳がきらりと光った。

「ええ、貴女の気持ちもよくわかります。それで、貴女のことですから、メイナード様のあの呪詛を解こうとしているのでしょう？」

はっとして、フィリアはイアンの視線を追ってメイナードの首元に目をやった。メイナードは自分の首に現れている黒い痣に触れる。

「イアン様。やはり、これはあの竜による呪詛なのですね？」

「はい、メイナード様。私が見る限り、ご認識の通りだと思います」

フィリアは力強い瞳でイアンを見つめた。

「私は必ずメイナード様の呪詛を解いてみせます。そのために、身勝手かもしれませんが、退職前に、もうしばらくだけ研究所に通って調べものをさせていただきたいのですが……」

イアンは、なぜか嬉しそうにフィリアに笑いかけると、手に下げていた大きな鞄の中から、数冊の分厚く古めかしい本と、同じくセピア色に染まっている古い書類の束を取り出した。

「もしかして、これは……！」

フィリアの顔が、目の前に取り出された資料を見て嬉しそうに輝いた。

イアンもにっこりと口元の笑みを深めた。

「ええ、そうです。貴女が読みたいであろう、竜に関する記述のあった古い本と文書を持って来ました。さすがにすべて読み解けてはいませんが、関連しそうな部分には栞（しおり）を挟んであります」

フィリアは興奮に頬を染めてイアンを見つめた。

「イアン様、本当にありがとうございます。でも、これらの貴重な資料を、私がここで独り占めしてしまってもよろしいのでしょうか？」

「構いませんよ。メイナード様という、この国を支えてくださっている大切な方をお助けするためなのですから。それに、どうせ、難解な古代語をある程度すらすらと読みこなせる者は、貴女と私のほかには研究所にもほとんどいませんしね」

イアンは温かく微笑むと、フィリアの頭をぽんと撫でた。

「私が伝えたかったのは、貴女はメイナード様に一番近いこの場所で研究を続ければよいのだと、そういうことです。研究所で調べものをすることだけが、仕事ではありませんからね。それに、呪いが身体に及ぼす影響を間近で見守りながら、それを解く方法を研究でき、彼を助けることに直接繋がるのですから、この方法が最善の仕事の進め方だとは思いませんか？」

「……では、私はここで、メイナード様のお側にいながら研究の仕事を続けてもよいと？」

「ええ、そういうことです。ま、こんな時こそ所長権限も役に立つというものですよ」

イアンはぱちりと軽くフィリアにウインクをすると、手元の便箋に視線を落とした。

「というわけですから、これはもう必要ありませんね」

彼は、手にしていたフィリアからの便箋をびりっと勢いよく破いた。

「はい、イアン様。温かなご配慮に、心からお礼申し上げます」

フィリアの瞳には、彼への深い感謝と、仕事を続けられる喜びに、じわりと涙が滲んでいた。イアンは彼女に向かって頷くと、メイナードに視線を移した。

「メイナード様。フィリアは秀才で、類稀な努力家でもあります。彼女に任せておけば、間違いありませんよ。必ず貴方様を救う方法を見出すでしょうから、大船に乗ったつもりでいてください」

「はい、イアン様。フィリアと僕へのお心遣いに、僕も感謝しています」

メイナードは、イアンに軽く頭を下げてから、フィリアを見つめて嬉しそうに瞳を細めた。フィリアもにっこりと笑みを返した。

イアンは微笑み合う二人を眺めてから、口を開いた。

「メイナード様が倒した竜を研究対象として扱うために、これから私を含む数人で、竜が出たあの森に向かうことになっています。また、何かわかればご連絡しますよ。フィリア、貴女も、もし行き詰まったらいつでも相談してくださいね。私を含む研究所の仲間たちは、皆、貴女の味方ですから」

「本当にありがとうございます、イアン様」

フィリアとメイナードは、またひらひらと手を振って部屋を出て行くイアンの後ろ姿が見えなくなるまで、彼の背中をじっと見送っていた。

フィリアはイアンの姿が視界から消えるまで見送ってから、胸の前で両手を重ねるようにして、ほうっと安堵の息を吐いた。

（メイナード様のお側にいながら、彼の呪詛を解く鍵を探すことを、私の研究の仕事として認めていただけるなんて。イアン様になんと感謝したらいいのか、わからないくらいだわ）

メイナードも、フィリアの表情をにこやかに見つめていた。

「イアン所長は、君のことをとても褒めて評価していたね。君の仕事への熱意も、きっと彼は理解してくれていたのだろうね」

「イアン様には買い被っていただいているような気もしますが、あのようなお言葉をいただけて、しかも私が調べようと思っていた資料まで揃えてきてくださって、本当にありがたく思っています。これで、メイナード様のお側を離れることなく、呪いを解く方法を探し始められそうです」

はにかみながらも、長めの前髪の間から明るく瞳を輝かせたフィリアを見て、メイナードの頬が薄く染まった。

「それは、君の優秀な仕事ぶりや、その裏側にある努力の積み重ねが認められてのことだと思う。君が側にいてくれて、僕も心強いよ」

「尊敬しているメイナード様にそんなふうに言っていただけるなんて、私こそ嬉しく思います」

ぱっと花咲くような笑みを浮かべたフィリアを前にして、メイナードはさらに頬を染めると、しばし口を噤んでから、思案げに彼女を見つめた。

「……ところで、フィリア」

「はい、何でしょうか？」

「もう少し、僕の方に来てもらっても？」

「……？　ええ、わかりました」

突然のメイナードの言葉に戸惑いながらも、フィリアが少し彼に近付き、身体を寄せて少し屈むと、二人の視線の高さがほぼ揃った。アメジストのような澄んだ彼の瞳に見つめられて、フィリアの胸はどきりと跳ねる。

彼はゆっくりと手を伸ばすと、フィリアの長めの前髪にそっと触れ、さらりと持ち上げた。メイナードのすぐ目の前で両目が露わになったフィリアは、肩をぴくりと跳ねさせると、そのまま緊張気味に目を伏せた。

「ごめんなさい、メイナード様。私の瞳は左右で色が違っていて、気味が悪いですよね」

悲しげに小さな声でそう呟いたフィリアに向かって、メイナードは首を横に振ると、じっと彼女の瞳を間近から見つめた。

「いや、僕はそうは思わないよ、フィリア。君の瞳は神秘的で、とても美しい」

フィリアは、はっとして視線を上げた。そこには、メイナードの真っ直ぐな瞳があった。彼は輝く宝石でも見つめるかのように、彼女の瞳をうっとりと覗き込んでいた。

「なぜ、君は瞳を前髪で隠すようにしているのだろうと、そう不思議に思っていたんだ。せっかく綺麗なのに、もったいないと思ってね」

「……!!」

メイナードの言葉に、フィリアの頬は一気にかあっと熱を帯びた。

「メイナード様、私には、お世辞を言っていただく必要はないのですが……」

どぎまぎとしながらそう言ったフィリアに、彼はにっこりと笑いかけた。

「いや、これは僕の本心だ。できるなら、僕の前だけでいいから、これからはもっと君の瞳を見せてくれたら嬉しいよ」

彼の優しい笑顔は、以前のものと変わらなかった。フィリアは自然と鼓動が速くなるのを感じながら、こくりと頷いた。

その時、ドアが数回ノックされ、フィリアは思わず一歩後ろに飛び退いた。メイナードが返事をすると、ドアの隙間から先程の使用人が顔を覗かせた。

「お取込み中でしたでしょうか、すみません。そろそろ、フィリア様をご用意したお部屋へご案内しようかと思ってまいりましたが……」

「は、はい。今まいります」

フィリアはメイナードを振り返って頭を下げると、真っ赤になった顔を隠すように俯きながら、使用人の後について部屋を出て行った。

パタンと軽い音を立ててドアが閉まると、メイナードは思わず、フィリアと同様に赤くなっていた顔を片手で覆った。

（フィリアは、まるで天使のような女性だな）

国の英雄と呼ばれていた以前とは対照的に、今のメイナードは傷付いて呪詛により痩せ衰え、すっかり見る影もなくなってしまっていた。そんな自分に対しても変わらずに向けられた、彼女の温かく包み込むような笑顔を思い出しながら、彼は小さく息を吐いた。

「……アンジェリカとは、まるで正反対だ」

メイナードは、知らず知らずのうちにそう呟いていた。

アンジェリカと婚約していた時、メイナードは彼女を愛そうと努力していたにもかかわらず、彼女に触れられる度にどことなく違和感があり、一緒にいても気詰まりな感覚があった。我が強くプライドの高い彼女を屋敷まで送り届けた後は、毎回のように、疲労感から溜息を吐いたものだった。

それが、フィリアといると全く違った。アーチヴァル伯爵家で彼女に話しかけた時も、控え目ながらも聡明さの窺える受け答えをする優しい雰囲気の彼女に、メイナードは好印象を持っていた。

そして今日、改めて彼女と話しているうちに、メイナードの心は驚く程彼女に惹かれていた。

（愛そうという努力などしなくても、フィリアといると、自然と胸が躍るのがわかる）

アンジェリカの姿が見えなくなると、メイナードは無意識のうちにほっとしたものだったけれど、温かくそっと寄り添うようなフィリアの姿が見えなくなった途端、彼の心はもう寂しさを感じていた。

つい先程も、上司であるイアンにフィリアがただ頭を撫でられていただけで、胸の中にどこかもやもやとしたものを覚え、彼女が自分に嫁ぐと言ってくれた言葉を思い出して安堵してしまった。メイナードは自分でも、その初めての感覚に戸惑いを感じていたのだった。

フィリアが出て行ったドアを見つめながら、メイナードは胸が締め付けられるような感覚を覚えて、ふっと小さく笑った。

(もう、彼女にまた会いたいと思うなんて。もしかすると、これが恋というものなのだろうか)

反対に、呪詛のせいでずっと苦しかった喉元は、心なしか少し軽くなったような気がした。

メイナードはゆっくりと上半身をベッドに倒した。窓から差し込む陽射しが、フィリアが訪れる前とはまるで別物であるかのように眩しく感じる。暗かった心の中にまで光が差してきたように思いながら、彼はそっとその瞳を幸せそうに閉じたのだった。

＊＊＊

フィリアが使用人の後について歩いていくと、使用人はメイナードの部屋から二つ離れた部屋の前で立ち止まり、彼女を振り返った。

「こちらがフィリア様のお部屋です。メイナード様のお部屋に近い方がよいかと思いこの場所をご用意したのですが、いかがでしょうか？　お荷物はそちらに置いてあります」

「わあ、素敵なお部屋ですね」

フィリアは、部屋を見回して瞳を細めた。彼女の目の前には、大きな窓から暖かな陽光が差し込み、一見して上質さの感じられるベッドやテーブルが並んでいる、広々としながらも温かみがあり居心地の良さそうな空間が整えられていた。

使用人はフィリアの表情を見て、嬉しそうに相好を崩した。

「気に入っていただけたならよかったです、フィリア様。申し遅れましたが、俺はこの家で働いているサムと言います。これから、よろしくお願いします」

「こちらこそ、よろしくお願いいたします、サム様」

サムはフィリアを見つめてくすりと微笑んだ。

「俺のことはサムと呼び捨てでいいですよ。もう、フィリア様はこの家の奥様になるわけですから」

(奥様……)

まだ耳慣れない響きに、フィリアは心の中がこそばゆくなるような感覚を覚えながら頬を染めていた。

初々しく顔を赤らめたフィリアを見て、サムは楽しげな明るい調子で続けた。

「フィリア様はまだこの家にいらしてくださったばかりですが、旦那様の表情は、もう大分明るくなったようですね。旦那様のこと、どうぞよろしくお願いいたします」

「私の方こそ、メイナード様のお側にいさせていただけることになって、とても嬉しく思っています」

サムの瞳が、ふっと遠くを見るように細められた。

「旦那様があのような大怪我をなさって、生死の境を彷徨った上に、得体の知れない痣が身体に広がり始めてからというもの、この家の空気はすっかり重くなっていました。でも貴女様のお蔭で、ここには新しい風が吹き込んできたように思います。……ルディ坊ちゃんも、フィリア様にならも、遠からず心を開いてくれると思いますよ」

フィリアは、ルディの怒った顔と涙を思い出しながら顔を翳らせた。

「大切なお兄様があのような目に遭って辛い状況にある時に、姉にあれほど酷い言葉を言われたのなら、深く傷付いて当然です。本当に申し訳なく思っています」

「……フィリア様からは、お姉様とは真逆の印象を受けますね。あのアンジェリカ様の妹君が代わりに旦那様に嫁いでいらっしゃると聞いて、正直なところ、期待と不安が半々だったのですが、さっき初めて貴女様にお会いした時、優しそうな方で胸を撫で下ろしました」

「ご期待に添えるといいのですが。私も、サムがメイナード様のお側にいてくださって、心強く思っています」

サムはフィリアに温かく笑いかけた。

「旦那様は俺の恩人でもあるのです。使用人の誰もがこの屋敷を離れたとしても、俺は絶対に旦那様と坊ちゃんのお側を離れる気はありません」

強い瞳をしたサムを見て、フィリアもにっこりと頷いた。

「ふふ。私も、何があってもメイナード様のお側でお支えするつもりでいます。またこの家のことも色々と教えてくださいね」

「ええ、もちろんです。……フィリア様がここに来てくださって、俺も味方が増えたように思っています。まだお越しになったばかりでお疲れでしょう、ゆっくり過ごしてくださいね。何かあればいつでも呼んでください」

「はい、ありがとうございます」

サムは丁寧に一礼すると、部屋を出て行った。

フィリアは手近にあった艶の美しい木造りの椅子に腰かけると、小さく安堵の息を吐いた。

(サムはとても親切そうな方で、よかったわ)

アーチヴァル伯爵家はアンジェリカを中心に回っていたために、彼女が軽視して冷たく当たっていたフィリアに対する使用人たちの態度も、また冷ややかなものだった。

それは、アンジェリカがフィリアと姉妹として同列に扱われるのを嫌がったためでもあったけれど、フィリアはそのような使用人たちに対していつしか諦めに近い感情を抱いて、冷たい扱いにも慣れてしまっていたのだ。

それだけに、サムの嬉しそうな歓迎は、フィリアにとって一際心温まるものだった。

サムの言葉を思い出し、ルディとも距離を縮めていけたらと思いながら、これからこの屋敷でメイナードと一緒に過ごせることに、フィリアは幸せを噛み締めていた。

(ずっと憧れていて、遠くから見ていたメイナード様のお側にいることを許していただけるなんて、まだ信じられないわ)

そして、フィリアは彼の言葉を思い出しながら、また頬を赤らめた。

(先程の、あのメイナード様の言葉……)

ずっと劣等感を抱いていたオッドアイを美しいと言われたことに、フィリアはとても驚いていた。

実家でも、姉をはじめとして気持ちが悪いと言われ続けていたし、王立学院でも、ちらちらと向けられる好奇の目を避けるように過ごしてきたからだ。けれど、メイナードの言葉に嘘は感じられなかった。

自分の両目をじっと覗き込んだ彼のアメジストのような瞳を思い出すだけでも、フィリアの胸は抑え切れずに高鳴った。

「絶対に、メイナード様を助ける方法を探し出すわ」

フィリアは自分を鼓舞するように、そう口に出して言った。見たこともないような呪詛が、さらには竜によるものだと聞いて、解くのは一筋縄ではいかないであろうことは、フィリアにもよくわかっていたからだ。

早速、イアンに渡された資料に目を通そうと考えたフィリアは、あっと小さく声を上げた。

（私ったら、さっき慌てて、うっかりメイナード様の部屋に資料を置いてきてしまったわ。私がまたお部屋を訪ねたら、メイナード様のお邪魔になってしまうかしら。でも……）

一刻も早くメイナードの呪いを解く方法を探したいと思ったフィリアは、椅子から立ち上がると再び彼の部屋へと足を向けた。

フィリアはメイナードの部屋の前まで行くと、遠慮がちにそっとドアをノックした。

部屋の中から聞こえて来たメイナードの声に、フィリアはドアを開いて部屋へと足を踏み入れた。

既にベッドに身体を横たえていたメイナードを見つめて、フィリアは申し訳なさそうに口を開いた。

「すみません、お休みのところをお邪魔してしまって」

メイナードはフィリアの姿にその瞳を輝かせると、すぐに首を横に振った。

「いや。君がまた来てくれて嬉しいよ」

メイナードが上体を起こそうとしているのがわかり、フィリアはすぐに彼に手を貸して助け起こした。

彼の言葉の通り、フィリアを見て嬉しそうにしている様子に、彼女もふわりと頬を染めると口元を綻ばせた。

「メイナード様は、お優しいですね。私、先程イアン様が持ってきてくださった資料を、うっかりこちらに置き忘れてしまって。これだけ取らせていただいたら、すぐに失礼します」

テーブルに積み上がっていた大量の資料を腕に抱えて微笑み、メイナードへ背を向けようとしていたフィリアを、彼は少し寂しげに見つめた。

「これからその分厚い本や書類に目を通すのかい？　……もし僕が君の邪魔にならないようなら、もう少しこの部屋にいてはもらえないだろうか。よかったら、そこのテーブルと椅子を使ってほしい」

フィリアは彼の意外な言葉に目を瞬いた。

「よろしいのですか？　私の方こそ、メイナード様のお邪魔にならないようでしたら、喜んで」

メイナードはフィリアを見上げて柔らかく笑った。

「ありがとう、フィリア。君がこの部屋を去ってからどこか寂しくて、早くまた君の顔が見たいと思っていたんだ。……こんなことを言って、迷惑じゃないかな？」

「そんなことは……！」

少し不安げな表情を浮かべたメイナードを見つめて、フィリアは真っ赤になりながら勢いよく首を横に振った。

「私、メイナード様にまたお会いできるのを心待ちにして、こちらのお屋敷に来たのです。……メイナード様がご存知だったかはわかりませんが、今までも、私の実家にいらしてくださる度に、お目にかかるのを楽しみにしていたのですよ」

「本当かい？」

驚いた様子のメイナードに、フィリアは恥ずかしそうに頷いた。

「実家でも、聖女と呼ばれる姉と私とでは、暗黙の扱いの差のようなものがあったのですが、メイナード様は、私にも分け隔てなく接してくださいましたね。貴方様の優しさに、私はいつも救われていたのです」

「そんな風に君が思ってくれていたなんて、知らなかったよ」

フィリアはすっかり染まった頬を隠すように、俯きがちに続けた。

「国の英雄と呼ばれるメイナード様が、その名声に驕ることもなく、婚約者の妹に過ぎない私にも気さくに接してくださって、私がどれほど嬉しかったか。……貴方様のお側にいられるこんな機会がいただけて、私は本当に幸せに思っているのです」

メイナードはフィリアの言葉にふっと瞳を細めると、独り言のように小さく呟いた。

「ついこの間まで絶望の淵にいたはずなのに。何が人生を変えるかは、わからないものだな……」

フィリアは小さく首を傾げる。

「あの、今何か？」

「いや。君が僕のところに来てくれたことは、信じられないような幸運だと、改めて思っていたんだ」

メイナードの瞳に浮かぶ優しい色に、フィリアは耳まで赤くなり、恥ずかしさから話を逸らすようにして、資料が今さっきまで置かれていたテーブルを見つめた。

「あの、本当にメイナード様のお邪魔にならないようなら、こちらをお借りしますね」

「ああ」

メイナードが頷いたのを見て、フィリアは手に抱えた資料を再びテーブルに下ろすと、その脇にある椅子に腰を下ろした。

フィリアは一番分厚い本を手に取り、栞が挟まれたページを開こうとしたけれど、メイナードの首元に浮かび上がる黒い痣を形作っている呪詛に視線を移すと、本をいったん静かに閉じた。

「もう一度、メイナード様のお首を見せていただいてもよろしいですか？」

「ああ、構わないよ」

特殊な魔物の毒や傷に苦しむ患者が出て、なかなか回復が進まずに治療方法を探すような場合、イアンは常々、その症状を注意深く観察することを重視していた。

そんなイアンの姿を近くで見ていたフィリアは、再び椅子から立ち上がってメイナードに歩み寄った。

（今までに見たこともない呪いに、つい過去の文献から事例を調べようとしてしまったけれど、メイナード様にかけられた呪詛の状況をまずはよく確認すべきだわ。イアン様が、メイナード様のお側での研究を私に認めてくださったことには、きっとその意図もあったはず）

自分を信じてメイナードを任せてくれたイアンに心の中で感謝しながら、フィリアはメイナードの隣で少し屈むと、彼の首元に連なって痣のように浮かび上がっている黒い呪詛にそっと触れた。禍々しい呪詛に指先で直接触れただけで、フィリアは背筋にぞくりと悪寒を覚えた。

(この不思議な模様自体が生きているようだわ。これが、竜の呪詛……)

まるで、命を落とした竜が呪詛の形に姿を変えて、メイナードの首に鋭い爪を突き立ててその生命力を奪い取っているかのようだった。フィリアはこくりと唾を呑んだ。呪いの文字の羅列が、蠢きながら彼の首に食い込み蝕んでいる様子が見えたような気がして、フィリアはこくりと唾を呑んだ。

厳しい表情で唇を引き結んだフィリアを見て、メイナードが遠慮がちに尋ねた。

「こんなものに触れて気持ち悪くはないかい、フィリア？　アンジェリカですら、直接触ることは避けていたのに」

「いえ。……ただ、これほどの呪いにも屈せずにいられるメイナード様はご立派だと思っていました。恐らく、メイナード様以外の方だったら、これほどの呪いをかけられたら一溜まりもなかったことでしょう」

フィリアはメイナードに向かって、労わるように微笑んだ。

「メイナード様は強い方ですね。このような呪いを身体に宿していたら、ご自分のことだけでもお辛いはずなのに、むしろ弟君の心配をなさっているのですから」

(あ、そう言えば……)

フィリアはメイナードのベッドの奥に視線を向け、床に転がったままになっていた、さっきルディ

が投げた人形を見付けた。彼女はその側に近付くと、布でできた小さな人形を屈んで拾い上げた。それは年季が入っていることが感じられる汚れのある、魔術師のようなマントを纏った青年の形をしたものだった。

メイナードは、フィリアが手にした人形を見つめて切なげに笑った。

「それは、数年前に、遠征帰りにルディへの土産に買って帰ったものなんだ。ルディは、僕に似ていると言ってね。いつも僕の無事を祈りながら、腕に抱いて帰りを待ってくれていたらしい」

「そうだったのですか。これはルディ様にとって、特別なお人形なのですね」

それほど大切なものを、感情を迸らせるようにして投げ付けてきた時のルディの表情を思い出し、フィリアの胸はまたつきりと痛んだ。

人形をベッド脇のサイドテーブルの上にそっと置いてから、フィリアはメイナードに視線を戻した。

「メイナード様が回復なさったら、ルディ様もきっとまた笑顔になってくださいますね」

「ああ、そうだね」

再びメイナードの正面に戻ると、フィリアは白く細い指先で、彼の首に浮き出ている黒い模様を確かめるようにゆっくりとなぞった。連なる呪詛に触れる度、それらの一つ一つが微かに動いているように思われた。

フィリアはメイナードに尋ねた。

「この呪詛が現れている部分に、締め付けられるような感じがあると仰っていましたね。他に、痛みや痒みといった感覚はありますか？」

「息苦しさの他には、内側から疼くような痛みが多少ある。それから、徐々に力を奪われるような、力が吸い取られて抜けていくような感覚があるんだ」

フィリアは真剣な表情で彼の言葉に頷いた。

(これ自体が命を持って、メイナード様から力を奪って成長しているようにも感じるわ。一刻も早く、この呪詛を解く方法を見付けなければ)

メイナードは真摯に彼の呪いと向き合って解こうとしているフィリアを感謝を込めて見上げた。

「今まで、この僕の症状を見た者は、気味悪そうに顔を顰めるか、恐怖に後退るかが大半だったのに、君こそ心の強い人だね。君には驚かされてばかりだよ」

「いえ、そんなことは」

謙遜して小さく首を横に振ったフィリアは、資料を積んだ机の脇の椅子に腰掛けると、メイナードに向かって口を開いた。

「あの、私はこちらで書物を読んでいますが、メイナード様は休んでいらしてくださいね。休息を十分に取ることも大切ですから」

「ああ、わかった」

メイナードはフィリアを見つめてから、ゆっくりとその瞳を閉じた。

フィリアは先程開き掛けた古く分厚い本を手に取ると、栞が挟んであったページを改めて開いた。

(あ、ここだわ……)

竜の記述がある部分に、フィリアは目を走らせた。

知性が極めて高く、高い魔力に素早い身のこなしを誇るこの魔物とは、戦いが極めて難しいこと。その大きな翼が巻き起こす風は激しく、鱗には猛毒があり、触れた者の肌は赤黒く爛れたことなどが記されていた。ただ、呪いに関する記述は見当たらなかった。

フィリアは次に色褪せた資料を手に取った。そこには竜の特徴に加えて、呪詛と見られる描写もあったものの、当時の勇者と呼ばれた者が、呪いに蝕まれて命を落としたことしか残されてはいなかった。

次々と資料を読み進めていったフィリアだったけれど、いずれにも竜については断片的な情報が多く、呪詛の詳細や治療方法といった核心に触れるような記載は、なかなか見付けることができなかった。

(……やはり、簡単ではないようね)

フィリアは小さく溜息を吐いた。古代語を読み進めるのは、近代の文書に比べて多少の時間がかかるのに加えて、資料も古いことから、時々文字が掠れていたり、一部のページが損なわれていたりするところもあった。

さらに、竜という存在自体が魔物の中でも特別なせいか、書物の一部は勇者と聖女が竜を倒し国を救う物語のようになっていて、それが事実なのか、作り話なのかを判断することすら難しいものもあった。

そのような中でも、フィリアが気になった記述がいくつか見付かった。

古代語には、現代の言葉と違った独特のリズムがあり、それは読む際の難しさでもあるのと同時に、読み手に訴えかけてくるような抑揚があるようにフィリアには感じられる。当時の書き手が見た情景が伝わってくるように感じる古代語を読み解くことは、彼女の得意分野であるのと同時に、何が問題解決の鍵になるかを見極める勘もまた鋭かった。

フィリアには、文字に込められた感情のようなものが色付いて浮かび上がるように感じられることがあり、その独特の感性は、地道に積み重ねた知識とも相まって、研究所の所長を務めるイアンにも信頼され、一種の才能だと評価されていたのだ。

古い資料には呪詛そのものに関する記載が少なかった中で、これまでにフィリアの目を引いたのは、二つの事柄だった。

まず、竜を退ける鍵となった人物は、残されていた書物によれば、いずれも勇者ではなく聖女のようであったこと。

また、最も古いと思われるすっかりと変色した羊皮紙には、竜は魔物ではなく聖なる存在として描かれていたことも、フィリアの興味を引いた。

(これは、どういうことなのかしら……?)

時間を忘れて資料を読み耽っていたフィリアの顔を、窓から橙色(だいだいいろ)の夕陽が照らし始めていた。

フィリアがふとベッドの上のメイナードに視線を移すと、彼のアメジストのような瞳と目が合った。

「あら、メイナード様。起きていらしたのですか？」

メイナードに優しい瞳で見つめられていたことに気付いてどぎまぎとしたフィリアに、彼は柔らかく笑いかけた。

「ああ。フィリアは凄く集中しているようだったから、邪魔したくはなくて。君の様子をここから眺めていたんだ」

「……すっかり長居をしてしまって、すみませんでした。そろそろ失礼しますね」

フィリアは、読み終えた書物とこれから読もうとしていた資料を重ねて腕に抱え上げると、メイナードに向かって微笑んだ。

「今日はゆっくりお休みください。また明日まいります」

「僕のためにここまでしてくれて感謝しているよ、フィリア。明日、また君に会えるのを楽しみにしているね」

「こちらこそ、楽しみにしています。……あの、」

フィリアは少し躊躇ってから、やつれた様子のメイナードを思案げに見つめて、手にした資料を再びテーブルに下ろした。

「もし差し支えなければ、メイナード様に回復魔法をかけさせていただいても？　ただ、私の魔力は弱いので、姉とは比べるべくもありませんし、ほんの気休め程度にしかならないかもしれませんが……」

姉とのあまりの差に彼を落胆させてしまうのではないかと、フィリアにはそれが気がかりだった。それでも、できることなら、少しでも彼の体力を回復させたかった。

メイナードは嬉しそうに微笑んだ。

「ありがとう。君にあまり負担にならない程度にお願いできたら助かるよ」

フィリアは頷くと、彼に近付いてその首元に手を翳した。彼女の掌から放たれたふわりと白く柔らかい光が、夕陽に満たされた部屋の中でメイナードを淡く照らし出す。

メイナードはフィリアの両目を覗き込むようにじっと見つめていた。そして、瞳を細めて、彼女に向かって口元を綻ばせた。

「君のおかげで身体が軽くなったのがわかるよ。君の魔法の力は、温かいね」

その言葉の通り、彼の顔色も表情も少し明るくなったようにフィリアには見えた。彼女はほっと安堵の笑みを浮かべた。

「少しでも私の魔法がメイナード様のお役に立てたなら、嬉しいです」

「……少しなどではなく、君の魔法にも、君自身の存在にも、僕はとても救われているよ」

メイナードは、彼に翳されたフィリアの手を、大切な宝物にでも触れるかのように持ち上げると、その甲にそっと優しく唇を落とした。

「……!?」

手の甲にとはいえ、憧れの人からの口付けに、フィリアの頬にはみるみるうちにかあっと熱が集まっていった。

しばし呆然としながらも、フィリアは混乱気味の頭をどうにか回転させた。

(こ、これは回復魔法のお礼のようなものかしら？)

フィリアの胸は、思いがけない彼の唇の感触に、苦しいくらいに高鳴っていた。

そんな彼女の様子に、メイナードは申し訳なさそうに口を開いた。

「驚かせてしまってすまない、フィリア。もし嫌だったら、もうこんなことは……」

「い、いえ！　嫌なはずがありません」

しどろもどろになって答えたフィリアに、メイナードはほっとしたように笑いかけた。

「そうか、それなら良かった」

あまりに嬉しそうなメイナードの表情を目にして、フィリアの顔も真っ赤に染まっていたけれど、部屋を染める夕陽の赤色にちょうど隠れるように重なっていた。

フィリアははにかんだ笑みをメイナードに返すと、積み上がった資料を腕に抱えて、ふわふわとした足取りで自室へと戻っていった。


自室に戻ったフィリアは、腕いっぱいに抱えていた資料をテーブルに置くと、その横の椅子にふらふらと腰を下ろした。

メイナードの唇が触れた右手の甲を、そっと左手で包み込む。彼の柔らかな唇の感触を思い出すだけで、頬に血が上り、くらくらと眩暈（めまい）がするようだった。

（急遽姉の代わりに嫁ぐことになったとはいえ、いつか、メイナード様に愛していただける日が来たらいいなと思ってはいたけれど……）

フィリアは、彼の嬉しそうな笑顔を思い返しながら、ぼんやりと夕陽に染まる窓の外を見つめた。

（まだ彼のお屋敷に来たばかりだというのに、メイナード様が想像以上に私にお優しいのだもの。何だか、勘違いしてしまいそうだわ。うっかりご迷惑をおかけしないようにしなくっちゃ）

夢見心地でいた自分を現実に引き戻すように、フィリアは両頬を両手で軽く叩くと、まだ目を通していない机の上の資料の山を見つめた。

気持ちを新たにして、フィリアは山の一番上にあった書物に手を伸ばすと、イアンが挟んでくれた栞が覗いているページを開いた。

「あら、これは……」

フィリアの表情がみるみるうちに引き締まった。そこには、まさに彼女が探していた、竜による呪いを解くことに関する記載があったからだった。

真剣な表情で、フィリアは手元の文献を慎重に読み進めていった。

途中でサムが夕食の声かけをしてくれたけれど、フィリアがメイナードの呪詛を解くために懸命に書物に向き合っている様子を見て、食べやすい軽食を用意して部屋に運んでくれた。

フィリアはサムにお礼を言って、引き続き文書に目を走らせた。

一通り関連する記述に目を通し終えて、彼女は落胆の溜息を吐いた。なぜなら、そこには、竜によってかけられた呪いが聖女の魔法により解かれたことは書かれていたものの、それ以上の具体的で有用な情報は得られなかったからだった。

(聖女と呼ばれるほど癒やしの魔法に優れ、魔力の高いお姉様でも、メイナード様のあの呪詛は解けなかったのよね……)

フィリアには、竜の呪いを解く鍵は、たった今目にしたばかりの文献にも残されていたように、やはり聖女の力にあるように感じられていた。

にもかかわらず、メイナードの呪詛は、聖女と認められて、高度な魔法を使い慣れている姉にも解けなかったということが、彼女の胸を重くしていた。

(いったいどうしたらいいのかしら……?)

フィリアは、姉のアンジェリカと同じく、回復魔法をはじめとして、防御や身体強化、解毒や浄化、さらには眠りや覚醒といった、アーチヴァル伯爵家の血筋に伝わる魔法を一応一通り学んではいた。ただ、その魔力は姉とは雲泥の差で、非常に弱いものだったために、取り立てて光が当たる機会はなかったのだ。

姉よりも力の劣る同種の魔法で、メイナードにかけられた呪いを解くことができるとも考えづらかったけれど、フィリアは自分を奮い立たせるように、その手をぎゅっと握り締めた。

「絶対にメイナード様をお助けするのだから、私がここで途方に暮れているわけにはいかないわ。それに……」

聖女が使うとされる魔法の中でも、何が呪いに有効かといったはっきりとした解呪の手がかりが見付かれば、改めて姉に力を貸してくれるよう依頼したいともフィリアは考えていた。

自己中心的で、他人の感情をあまり省みることのない姉ではあったけれど、同時に非常に勝ち気でプライドが高かった。聖女である自分に解けない呪いがあることは、きっと姉にとって屈辱的だったのではないかと、そして、難解な竜の呪いを解いたという名声は、名誉欲の強い彼女が切望するものなのではないかと、フィリアはそう予想していたのだ。

「まだ、目を通せていない書物もたくさん残っているし」

フィリアは自らに言い聞かせるようにそう呟くと、未読の資料の山に手を伸ばした。

すっかり夜が更けるまで、フィリアは時間を忘れて片端から資料を読んでいた。

＊＊＊

(昨夜は、これと言って役に立ちそうな情報は見当たらなかったわね……)

翌朝、眠い目を擦りながら起き出したフィリアは、小さく一つ息を吐いた。

「焦っては駄目よね。まだ、調べ始めたばかりなのだし」

できる限り早くメイナードの呪いを解きたいと、そう気が急いている自分に向かって呟いてから、フィリアは手際よく身支度を整えた。

フィリアがちょうど支度を終えた時、軽快にドアをノックする音がちょうど彼女の耳に届いた。

彼女がドアを開けると、にこやかな表情のサムが立っていた。

「フィリア様、朝食の準備ができました。よろしければ、旦那様とご一緒にいかがですか？」

「ええ、喜んで」

微笑んで頷いたフィリアに向かって、サムは嬉しそうに続けた。

「これから旦那様のお部屋に朝食をお持ちしますので、もしご準備がよろしいようなら、旦那様のところでお待ちください」

「はい、ありがとうございます」

サムが足早に部屋を出て行くと、フィリアも少しそわそわとしながら自室を出て、メイナードの部屋のドアを控えめにノックした。

すぐに部屋の中から彼の声が聞こえ、ドアを開けるとベッドから半身を起こしていたメイナードの笑顔に出迎えられた。

「おはよう、フィリア」

まだ身体の具合は優れない様子だとはいえ、フィリアにとっては眩しいほどの彼の笑みに、彼女もつられるように笑みを返した。

「おはようございます、メイナード様」

彼に手招きされて、昨日と同じ彼の近くの椅子にフィリアが座ると、メイナードは明るい表情で彼女を見つめた。

「昨夜はよく眠れたかい？」

「……はい、メイナード様」

本当のところは、メイナードを助ける方法を探すために、イアンが持って来てくれた文献を深夜まで読んでいたフィリアだったけれど、心配をかけたくなかった彼女はつい彼にそう返した。ただ、フィリアは大好きなメイナードの笑顔を見て、昨夜の疲れが吹き飛んだように感じていた。

「メイナード様は、よく眠れましたか？」

「ああ。これほど穏やかな気持ちで眠れたのは、久し振りだったよ」

メイナードは感謝を込めてフィリアに微笑みかけた。

「今までは眠りの浅い日が多かったのだが、昨日は君の魔法のおかげであれからぐっすり眠れて、気付いたら朝になっていたんだ。重かった身体が、軽くなったように感じるよ」

「ふふ、そう言っていただけると嬉しいです」

メイナードの体調は、昨日会ったばかりの時よりは幾分か良くなっているようにフィリアの目にも映った。

「あの、朝食の前に、メイナード様のお首の様子を確認させていただいても？」

「構わないよ、ありがとう」

フィリアは椅子から立ち上がってメイナードの側で身を屈めると、その首元を覗き込んだ。

首の上の方に伸びていた呪詛の端からは、昨日確認した部分からさらにもう少しだけ、文字のような模様のような黒いものが浮き出て来ていた。

（また、呪詛が少し伸びているわ……）

新しく現れた部分を指先でなぞったフィリアの表情が少し翳ったことに気付いたメイナードは、彼女を励ますように微笑んだ。

「今までは、毎日、首の周りに絡み付くように現れていたこの痣だが、君が来てくれた昨日からは、ほとんど新しく現れてはいないんだ。これほど悪化せずに済んだのは初めてだよ」

「そうだったのですね」

フィリアは彼の言葉に、多少なりともほっと胸を撫で下ろしていた。今までよりも悪化の速度が鈍化したということは、良い兆候ではあったからだ。

（とは言っても、まだ気は抜けないけれど。でも、メイナード様はやはり前向きで心の強い、素敵な方だわ）

昨日から今日にかけての症状の変化を、じわじわと悪化していることを悲観するか、それとも悪化の速度が抑えられたと明るい面に光を当てるかは、人によってかなり捉え方が異なるのだということを、フィリアは今までに接した患者から感じていた。その中でも、メイナードのように楽観的に、前向きに物事を考える方が良い結果に繋がりやすいことも、フィリアは身をもって知っていた。

フィリアはにっこりとメイナードに笑いかけた。

「そう伺って、私も安心いたしました。これから、一緒に解決していきましょうね」

「そうだね。本当にありがとう、フィリア」

メイナードがフィリアを見つめる瞳には、深い信頼と、そして仄かな熱が込められていた。

その時、部屋のドアがノックされて、二つのトレイを器用に腕に載せたサムが入って来た。

「お待たせしました、メイナード様、フィリア様。朝食をお持ちしました」

まだ湯気の立つ具沢山のスープと、こんがりと焼き目の付いたパンからは食欲をそそる香りが立ち上り、フィリアの鼻をくすぐった。

「……あの、今朝はルディ様はいらっしゃらないのですか？」

二人分だけ運ばれて来た朝食を目にして、フィリアが戸惑ったように尋ねると、メイナードが苦笑した。

「ルディはまだ、少しへそを曲げているようでね。だが、フィリアにならじきに懐くさ。あまり気にしないで欲しい」

「俺も同感です。ルディ様は、アンジェリカ様の一件もありましたし、まだ慣れていないだけですよ」

「そうでしょうか……」

ルディともっと仲良くなれたらと、フィリアは少し寂しく思っていたけれど、メイナードとサムは口を揃えて彼女を励ました。

サムは朝食の皿を載せたトレイをメイナードのベッドサイドとフィリアの前のテーブルにそれぞれ置くと、楽しげに二人を見つめた。

「また俺は、メイナード様とフィリア様のお邪魔をしてしまったでしょうか？　……見る度に、お二人は距離を縮められているようですね」

思わず互いに頬を染めて顔を見合わせた二人を前にして、サムは明るい笑みを零した。

「では、どうぞごゆっくりお二人で朝食を召し上がってください」

サムがそそくさと部屋を後にすると、残された二人ははにかんだように微笑み合った。

「冷めないうちに食べようか、フィリア」

「ええ、そうですね」

スープに手を伸ばしかけたフィリアは、カチャンという音に視線を上げた。目の前のメイナードの手から、スプーンがトレイの上に滑り落ちた音だった。手元が覚束ない様子のメイナードを、フィリアは見つめた。

「……あの、スプーンを貸していただいても？」

メイナードは困惑したような表情を浮かべたけれど、上手く力の入らない手から、拾い上げたスプーンを離した。フィリアは彼のスプーンを受け取ると、スープから掬（すく）った具を彼の口元に運んだ。

「君にここまでさせてしまっては、申し訳ないな」

眉を下げたメイナードに向かって、フィリアは温かな笑みを浮かべた。

「メイナード様は必ず回復なさいますから、それまでは遠慮なく私に甘えてください。せっかくお側に置いてくださるのですから、私も少しはお役に立ちたいのです」

「……ありがとう。君には、敵わないな」

フィリアを見つめるメイナードの瞳は眩しそうに細められ、微かに涙が滲んでいた。

（この世界に神が存在するなら、フィリアは、神が僕に遣わしてくださった天使だとしか思えない）

談笑しながら朝食を摂る二人の姿を、薄く開いたドアの隙間から見つめている小柄な人影があった。

「兄さん、笑ってる……」

ルディは、穏やかな笑みを浮かべる兄の姿を驚いたように見つめていた。

アンジェリカがメイナードの側にいた時は、身体が弱って食事を摂ることすらままならずに時間がかかるようになった彼を、次第に冷ややかな目で苛立ったように眺めるようになっていった。そんなアンジェリカの前で兄が塞いだ表情をしているのを、ルディは悔しい思いで見守ることしかできなかった。

首元の呪いが悪化し、さらにやつれて元気を失くしていた兄が、まるで息を吹き返したかのように明るい笑みを浮かべ、フィリアを愛しげに見つめている様子に、ルディは目を瞬いていた。

フィリアが優しく兄の口にスープを運ぶ姿に、知らず知らずルディの口元も綻んでいた。

(兄さんが言っていた通り、あのお姉さんは、この前のあの人とは全然違うみたいだ)

ルディは兄の幸せそうな表情をしみじみと眺めてから、音を立てないようにそっと部屋のドアを閉めたのだった。

第六章　春の庭

食後のコーヒーを運びにやって来たサムが、和やかな様子で会話をしていたメイナードとフィリアに笑いかけた。

「旦那様の顔色も、随分と良くなったようですね」

「これもフィリアが来てくれたおかげだよ」

サムはメイナードの言葉に嬉しそうに頷くと、空いた食器を手早くトレイの上に重ねながら、部屋の窓にちらりと目を向けて言葉を続けた。

「今日はすっきりとした晴天ですよ。外もだんだん暖かくなってきましたし、部屋にも風を通しましょうか」

「ああ。ありがとう、サム」

メイナードの言葉に頷いたサムは、窓側に歩いていくと、薄いカーテンを脇に寄せて窓を大きく開いた。開かれた窓から吹き込んで来た涼やかな風が、部屋にいる三人の頬を撫でていった。

明るい陽射しに目を細め、窓の外に覗く庭を改めて見つめたフィリアに向かって、サムは微かに苦笑した。

「庭まで手が回らず、あまり手入れが行き届いてはおらずに恐縮なのですが、この窓から見えるのが屋敷の庭です」

フィリアの視線の先で、庭には、元々の植栽と思われる草木の他、どこからか飛んできた様子の野草も併せて芽吹き、小さな花を咲かせていた。

風にそよぐ淡い色合いの花々を眺めながら、フィリアはサムに微笑んだ。

「いえ、十分に素敵だと思います。春らしく、可愛らしい花がたくさん咲いていますね」

サムはほっとしたように、フィリアに微笑みを返した。

「そう言っていただけて、よかったです。もし気が向いたら、庭に出てみてください。この時期は、なかなか気持ちが良いですよ」

「ええ、ありがとうございます」

サムはメイナードとフィリアに一礼すると、空いた食器を載せたトレイを手にして部屋を辞した。

フィリアは、メイナードが手を伸ばしたコーヒーカップを支えるように、さりげなく手を添えて彼の口元に運んだ。

「フィリア、ありがとう」

「いいえ。私はたいしたことはしておりませんし、どうぞお気になさらずに」

メイナードに真っ直ぐに見つめられて、フィリアは恥ずかしそうに頬を染めた。メイナードの様子に気を配りながら、フィリア自身も、喉を潤す香ばしいコーヒーに目が覚めるのを感じていると、メイナードがふっと視線を窓の外に向けた。

「この庭は、こんなに美しかっただろうか」

呟くように言ったメイナードの視線を追うようにして、フィリアも窓の外の庭を眺めた。

「今日は特にお天気が良いので、そう感じられるのかもしれませんね」

明るい陽射しを受けて、庭の花々は活き活きと輝いているようにフィリアには見えた。メイナードは再びフィリアに向き直ると、彼女に笑いかけた。

「正直なところ、呪いを受けてからというもの、君が昨日来てくれるまで、僕は世界から色が失われたように感じていたんだ。食べ物も、味があまり感じられなくてね。……それが、君が来てくれてからは、温かな光が僕の元に差して、白黒だった世界に色が戻ったようだ。口にする料理も、また美味しいと思えるようになったよ」

彼は愛しげに、フィリアのオッドアイを覗き込んだ。

「君は、僕の身体を癒やしてくれただけでなく、心にも希望の光をもたらしてくれた」

（……！）

メイナードの、以前のまま唯一変わらない、アメジストのような輝きの強い瞳に見つめられて、フィリアの胸はどきりと跳ねた。さらに頬に血が上るのを感じながら、フィリアはメイナードを見つめ返した。

「少しでもメイナード様のお役に立てるようなら、私も嬉しいです。あの、よかったら……」

フィリアは、部屋の隅に置いてある車椅子に目をやってから、メイナードに視線を戻した。

「せっかく気持ちのよいお天気ですし、一緒に庭まで出てみませんか？　私がメイナード様の車椅子を押しますので」

メイナードは少し戸惑った様子で口を開いた。

「それは、君の負担にならないかな？」

「ふふ。そのくらい大丈夫ですので、お任せください」

にっこりと大きく笑ったフィリアを見て、つられるようにメイナードも笑みを零した。

「ではお言葉に甘えさせてもらうよ、フィリア」

頷いたフィリアは、二人のコーヒーカップが空になってから、車椅子を押してベッドに横付けにすると、メイナードに手を貸して車椅子に移した。すっかり痩せ細った彼の身体は、フィリア一人でも問題なく支えられる程度の重さしかなかった。

（メイナード様のお身体は、こんなに細くなっていらしたのね……）

細身ではあったけれど、しなやかで力強かった以前のメイナードの身体を思い出し、目の前の痛々しい彼の様子に心が痛むのを感じながらも、フィリアは車椅子を押す手に力を込めた。

メイナードに場所を聞いた、庭へと続く扉に向かって、フィリアはゆっくりと車椅子を押しながら廊下を進んでいった。


庭に出たメイナードは、朝の空気を胸いっぱいに吸い込んで微笑んだ。

「ああ、清々しいね」

眩しい朝の光に包まれた庭は、草木や花々の瑞々しい生命力に溢れていた。フィリアも、彼の言葉に頷いた。

「とても爽やかですね。お花も綺麗だわ……」

フィリアがメイナードの車椅子を押して花壇に近付いていくと、風に乗ってきた花の香りにふわりと包まれる。

振り向いたメイナードと目を見合わせて微笑み合ってから、フィリアはさらに車椅子を押しながら花壇の脇の道を歩いていった。

花壇には、植えられた花々の間に顔を覗かせるようにして、背の低い雑草類もそれぞれに小さな花を咲かせている。芝生の上にも、所々に密集した小さな白い花が揺れていた。

それらの花が風にそよぐ様子を眺めながら、メイナードが口を開いた。

「僕は、花壇に咲く華やかな大振りの花よりも、その陰に咲くささやかな花の方につい親近感を覚えてしまうんだ。幼い頃から、春になると身近にあったのはこういう花だったからかな」

いったん足を止めて、フィリアはメイナードの隣に並ぶと、彼の視線の先にある素朴な花々を見つめた。

「そうだったのですね。ルディ様とも一緒に、春にはこうした花を眺めていたのですか?」

「ああ。僕たちが昔住んでいた家の近くの草むらにも、辺り一面を埋め尽くすように生えていたからね」

メイナードは懐かしそうに目を細めると、芝生に生えている小さな白い花に向かって手を伸ばした。彼の体勢が少し辛そうなことを見て取ったフィリアは、彼の手の先にあった白い花を代わりに摘んで差し出した。

「ありがとう、フィリア」

メイナードはフィリアに微笑みかけると、そのまま手の中にある花に目を落とした。

「いつの間にか、この庭にもこれほど花を咲かせていたんだな。……いくら摘んでも、誰かに踏まれても、どこからか生えて来るこうした草花の生命力に、今はどこか救われるような気がしているよ」

（これらの小さな野の花も、メイナード様が少しでも前向きな気持ちになる助けになればよいのだけれど）

フィリアは周囲を見回してから、メイナードが手にした白い花に視線を移した。

「小さく頼りなく見えるのに、強い花ですよね」

彼の穏やかな表情を眺めながら、フィリアは微笑みを浮かべた。

「一見ささやかでも、地面に深く根を張っているこれらの野の花よりも、メイナード様が秘めていらっしゃる生命力は、さらにずっと力強いものですわ。さっきサムも言っていましたが、随分と顔色も良くなっていらっしゃいますし、必ず呪いも跳ね返すことができますから」

メイナードは感慨深げにフィリアを見つめた。

「君はいつも僕の気持ちに寄り添ってくれるね。貴族令嬢として育ってきた君に、こんな野の花のことを話して呆れられないかとも思ったのだが……君は優しいね」

「いいえ。花壇に整然と植えられた花々ももちろん美しいのですが、私もメイナード様と同じで、どちらかというと、こうした日陰に咲く花の方に親しみを覚えます」

美しい外見を大輪の薔薇のようだと評されていたアンジェリカ。対して、その姉からは日陰に佇むむ名もない野の花のようだと揶揄されていたことを、フィリアは思い出していた。

ささやかな花に共感を覚えるのは、そのせいもあるのだろうかと思いながら、フィリアは、メイナードがこのような目立たない花を見つめる温かな視線を、どこか嬉しく感じていたのだった。

「……僕は今まで、貴族令嬢とは皆アンジェリカのような女性なのだろうと思っていたから、君のような女性がいることに改めて驚いているんだ。君は、姉妹とはいえ、彼女とは全く違うね」

メイナードの言葉に、フィリアは思わず瞳を揺らした。

「す、すみません。私は地味で、姉のような貴族令嬢らしい華やかさを持ち合わせてはいなくて……」

姉と比べられて、条件反射のようについ俯いてしまったフィリアに対して、メイナードは慌てて首を横に振った。

「いや、僕は、決してそんなことが言いたかった訳じゃない」

メイナードは、姉の名を聞いてふっと表情を翳らせたフィリアの様子から、彼女の劣等感を敏感に感じ取っていた。

自尊心に溢れた姉のアンジェリカとは対照的に、以前フィリアと会った時にも、姉の陰でいつも俯きがちだった彼女の様子を、メイナードは思い出していた。

(フィリアは、アンジェリカと比べられて、今まで辛い思いをしていたのだろうか。アンジェリカのフィリアに対する態度も、思い返せばどこか見下したような、高圧的で冷たいものだったような気がする。フィリアはこんなにも素晴らしい女性なのに……)

メイナードはフィリアに向かって続けた。

「アンジェリカは、呪いを受けた僕の世話など決して焼きたくはない様子だったから、君のこうした温かな態度が、あまりに彼女と対照的で、信じられないような思いがしてね。君が側にいてくれると、僕はとても癒やされるんだ」

「そう、でしょうか……」

まだ困惑気味でいたフィリアに、メイナードはきっぱりと言った。

「君ほど魅力的な女性を、僕は他に知らない」

嘘のない彼の瞳に、フィリアの胸がどきりと跳ねた。

「まだ君と一緒に過ごすようになったばかりの僕からこんなことを言われても、戸惑うかもしれないが。君の優しさや繊細な心遣いに、僕は言葉では言い表せないくらい感謝しているんだ。君は本当に素敵な女性だよ。それにね、フィリア」

ほんのりと頬を染めながら、メイナードは愛しげにフィリアを見つめた。

「君はまるで、春の野に降り立った天使のようだ。とても綺麗だよ」

「……！」

フィリアは言葉を失ったまま、頬を真っ赤に染めていた。メイナードは優しい口調で続けた。

「だから、俯かないで。もっとその可愛い顔を上げていて欲しいんだ」

（ずっと憧れていたメイナード様に、こんな言葉をいただけるなんて）

どぎまぎとしながら、フィリアはようやく口を開いた。

「あの、ありがとうございます、メイナード様」

「お礼を言いたいのは僕の方だよ、フィリア」

二人は目と目を見交わすと、照れたようにくすくすと笑い合った。

フィリアは、再びメイナードの車椅子を押して、あまり揺れないようにと気を付けながら、ゆっくりと庭を歩いて回った。フィリアには、庭を照らす陽光が一段と眩しくなったように、そして目に映る花々が一際鮮やかになったように感じられていた。

庭を渡る風が、そよそよと柔らかく二人の頬を撫でていった。

＊＊＊

フィリアは車椅子を押しながらメイナードの居室に戻り、手を貸して彼の身体をベッドに横たえた。

メイナードとしばらく談笑をしていたフィリアだったけれど、疲れが出ている彼の様子に気付いて優しく微笑みかけた。

「少し、お休みになってください。また回復魔法をかけさせていただきますね」

「ああ。どうもありがとう、フィリア」

フィリアの手から放たれた淡い光がメイナードを包むと、苦しげだった彼の表情が和らいだ。

「私は、このままメイナード様のお側におりますから」

そう言ってメイナードの手を取ったフィリアを見つめて、彼は嬉しそうに頷くと、そのままゆっくりと瞳を閉じた。程なくして、メイナードからは穏やかな寝息が聞こえ始めた。

（庭に出るのも久し振りだったようだもの、疲れが出て当然だわ。メイナード様に無理をさせてしまっていないといいのだけれど……）

メイナードの痩せ細った、けれど温かな手をそっと握りながら、彼の寝顔をじっと見つめていたフィリアの耳に、部屋のドアをノックする音が響いた。

声を抑えて返事をしたフィリアがドアを開けると、ドアの向こう側には、少し困惑した表情のサムがいた。

「どうしたのですか、サム？」

フィリアの言葉に、サムは手にしていた一通の手紙を彼女に差し出した。

「フィリア様に、お手紙が届いています」

見覚えのある筆致で書かれた封筒を裏返すと、そこには差出人として姉の名前が記されていた。

「お姉様から？　どんな用件かしら」

二日前に話したばかりの姉からの手紙を受け取って、フィリアは不思議そうに首を傾げながらその封を切った。

（もしかして、何かメイナード様の呪いを解く手がかりが見付かったとか……？）

少しでもメイナードの助けになる中身であってくれれば何だって構わないと、そう祈るような気持ちで便箋を開いたフィリアは、姉の字に目を走らせると小さく肩を落とした。

そこには、新たに魔術師団長に就任したダグラスとアンジェリカが婚約するためには、平民たちの反感を買わないためにも、彼女の元婚約者となったメイナードとフィリアがすぐにでも婚姻を結ぶ必要があるのだ、そしてこれは王の意向でもあるのだからと、可能な限り早くメイナードと式を挙げて入籍するようフィリアに促す言葉が淡々と綴られていた。

（ご自分の都合しか考えない、お姉様らしい言葉ではあるけれど……）

フィリアが微かに苦笑していると、ベッドで眠っているメイナードをちらりと眺めてから、サムが小声で不安げにフィリアに尋ねた。

「あの、差し支えなければ、どのような内容だったか教えていただいても？」

「ええ」

フィリアは頷くと、手にした便箋をサムに手渡しながら申し訳なさそうに彼を見つめた。

「身勝手な姉で、すみません。メイナード様が立ち上がることも難しいお身体でいらっしゃるというのに、すぐに挙式をなどと……」

サムはアンジェリカの書いた文面に視線を落としてから、遠慮がちにフィリアに尋ねた。

「フィリア様は、今の旦那様のお身体の状態では式を挙げて結婚なさるのがお嫌だと、そういうわけではないのでしょうか？」

フィリアはすぐに首を横に振った。

「いいえ、私はメイナード様に嫁ぐためにここにまいりましたし、結婚してお側にいられるのなら嬉しいと、そう思っていますから。メイナード様のご負担にならないなら、それに私と式を挙げることがお嫌でなければ、私はいつでも構いません」

恥ずかしそうに頬を染めながらそう答えたフィリアに向かって、サムは明るく笑った。

「それなら、後で旦那様が起きたらご相談してみましょう。むしろ、フィリア様と早くにご結婚なさる方が、旦那様を元気付けることに繋がるのではないかと、俺はそんな気がしますので」

「そうだといいのですが……」

サムの言葉に心が浮き立つのを感じながら、さらに顔を赤くしたフィリアに、彼は嬉しそうに続けた。

「もしそうと決まれば、式はどうにでもできると思いますので、どうぞ俺にお任せください。善は急げとも言いますし、ね」

顔中でくしゃりと愛嬌のある笑みを浮かべたサムが、軽い足取りで部屋を出て行く様子を、フィリアは抑え切れず胸を跳ねさせながら見送っていた。


フィリアが、メイナードの部屋に持ち込んだ、竜に関する資料をしばらく読んでいると、メイナードの瞼がぴくりと動いた。

「……ん」

目を瞬かせたメイナードと視線が合ったフィリアは、にっこりと笑った。

「お目覚めのようですね、メイナード様」

「フィリア、今も調べものをしてくれていたのかい？」

テーブルに積まれた古い文献に目をやったメイナードに、フィリアは頷いた。

「はい。メイナード様、少しは疲れが取れましたでしょうか？」

「ああ。ありがとう、フィリア」

感謝を込めてフィリアに微笑みかけたメイナードは、文献の横に置かれていた一通の封筒に気付くと、小さく首を傾げた。

「その手紙は、君宛てのもの？」

「……ええ、そうです」

姉からの手紙の内容を思い浮かべたフィリアは、やや躊躇いながらメイナードに尋ねた。

「姉から届いたものなのですが、ご覧になりますか？」

「僕が見ても構わないような内容なら」

「はい。……私たちに、早く式を挙げて入籍するようにと勧める手紙でした」

頬に熱が集まるのを感じながら、フィリアは椅子から立ち上がると、メイナードの上半身をベッドから助け起こして、姉からの手紙を彼に手渡した。

フィリアは、手紙を受け取ったメイナードに向かって微笑んだ。

「メイナード様にご負担をかけたくはないと思っておりますので、あまり姉の言葉はお気になさらないでください。……あの、目が覚めたばかりで、喉が渇いていらっしゃるのではないでしょうか？　サムに何か飲み物を頼んでまいりますね」

そそくさと部屋を出て、サムを探していたフィリアは、キッチンで茶を入れていたサムを見付けた。

「おや、フィリア様。どうなさいましたか？　そろそろ、お飲み物をお持ちしようかと思っていたのですが」

「ちょうどよかったわ、サム。さっき、メイナード様が目を覚ましたところなの」

「……アンジェリカ様からのお手紙の話は、もう旦那様になさいましたか？」

「ええ。メイナード様にはあの手紙をお渡ししたから、きっと今読んでいらっしゃると思うわ」

ふわりと頬を染めているフィリアに向かって、サムは明るい笑みを浮かべた。

「では、今からお二人にお茶をお持ちしますね」

彼は、茶葉にお湯を注いだポットとカップを手早くトレイに載せると、フィリアと並んでメイナードの部屋に向かった。

ドアをノックしたサムは、メイナードの返事にドアを開けると、その瞳を楽しげに輝かせた。

「旦那様。もう、そのお手紙には目を通されたのですよね？　結婚式の件、いかがでしょうか」

テーブルの上にトレイを置いたサムの視線の先には、メイナードが手にしている便箋があった。

「ああ、そのことだが……」

メイナードは、少し緊張している様子のフィリアを躊躇いがちに見つめた。

「僕としては、君を妻に迎えられるなら、これほど嬉しいことはないのだが。こんな醜い姿の僕と並んで式を挙げるなんて、フィリアは嫌ではないかな？」

フィリアは大きく首を横に振った。

「メイナード様は、ちっとも醜くなんてありませんわ。式でメイナード様の隣に並ばせていただけるなら、私はそれだけで幸せです」

メイナードはほっとした様子で笑みを零すと、フィリアを真っ直ぐに見つめた。

「改めて、僕でよいのなら、結婚してくれたら嬉しく思うよ、フィリア。こんな身体でできることは少ないが、力の限り君を大切にすると誓うよ」

メイナードの真剣な眼差しに、フィリアは夢を見ているようだと思いながら頷いた。姉の代わりでも妥協でもなく、メイナードが自分を彼の伴侶にと選んでくれたことが伝わってきたからだった。

「喜んでお受けいたします、メイナード様。私も、お側にいたいと思う方はメイナード様だけですから」

そう言って微笑んだフィリアに、メイナードも嬉しそうに瞳を輝かせていた。サムも明るい笑みを浮かべた。

「俺としても、嬉しい限りです」

サムはうきうきとした調子で続けた。

「では、早速、お二人の結婚式の準備に取りかからせていただきますね。内輪の式で構わなければ、神父を呼んで夫婦の誓いを立て、結婚誓約書に署名をすれば、すぐにでも婚姻が調いますよ。……ああ、もちろんフィリア様のドレスとお二人の指輪も揃える必要がありますが。俺に手伝えることがあれば何でも言ってください」

「ありがとう、サム。君がいてくれて、助かっているよ」

メイナードの言葉に、サムは目を細めて彼を見つめ返した。

「旦那様のためなら、お安いご用です」

サムはにこにことしながら、熱いポットから二つのティーカップへと茶を注いだ。

「では、メイナード様、フィリア様、どうぞごゆっくりお茶をお楽しみください」

ウインクをしたサムが鼻歌交じりに部屋を出て行く様子を、二人は微笑みを交わしながら見送っていた。

第七章　ささやかな式

　二人の挙式の日まではあっという間だった。抜けるような青空の広がるある日、美しい花々が鮮やかに咲き乱れる庭に面した屋敷内の一室に、メイナードとフィリア、そしてルディと、サムをはじめとする使用人たち数名が集っていた。

　庭に面した大きな窓から一杯に差し込む陽光を浴びている、純白のウェディングドレスを纏ったフィリアに、メイナードは零れんばかりの笑顔と共に憧憬の眼差しを向けた。

「……フィリア。本当に綺麗だね」

　メイナードは車椅子の上からうっとりとフィリアを見つめていた。

　この日のフィリアは、前髪をサイドに流して、左側の緑がかったオッドアイも露わになっていた。そんな彼女をヴェール越しに見上げて心から嬉しそうな笑みを浮かべるメイナードに、フィリアも恥ずかしそうに笑みを返した。

「メイナード様も、とても素敵です」

　英雄と呼ばれた以前の逞しくしなやかな身体つきは失われ、新しく誂(あつら)えたタキシードの中でも身体が泳ぐほどにやつれていたメイナードではあったけれど、フィリアにとっては心密かに慕い続けていた初恋の人に変わりはなかった。そんな彼の笑顔が、フィリアにとってはとても眩しかった。

　彼の体力を損なわないことを第一に考えて、フィリアはサムと相談して神父を屋敷に招いていた。長時間立っていることが難しいメイナードは、タキシードに着替えた上で座った車椅子をサムに押されている。メイナードの脇には、小さな礼服をきちんと身に着けたルディが控えていた。

ルディはもじもじとしながら、メイナードの隣からフィリアを見上げた。

「お姉さん、この前はごめんなさい。……兄さんの言う通り、とっても綺麗だよ」

ようやく意を決したように発せられたルディの言葉に、フィリアはメイナードと微笑み合ってから、ほんのりと頬を染めた小さな彼ににっこりと笑いかけた。

「ありがとうございます、ルディ様」

フィリアがルディの頭を撫でると、彼はぱっと明るい笑みを浮かべた。

「僕のことはルディって呼んで。今日から僕のお義姉(ねえ)さんになってくれるんでしょ？　僕も、フィリア義姉さんって呼ぶから」

「ふふ、わかりました、ルディ。改めて、これからよろしくお願いしますね」

「うん！」

(何て可愛いのかしら……！)

ほっとしたように顔中に年相応のあどけない笑みを浮かべたルディを見て、フィリアの胸も温かく満たされる。

その様子に、サムも嬉しそうに笑っていた。

結婚式といっても、身内だけで挙げるささやかなものだった。その上、式を挙げるようフィリアに促した張本人である姉と両親にも招待状を送ったものの、その返事は多忙を理由に出席を断る素っ気ないものだった。

厳かな儀式服を身に着けた神父の前に、メイナードとフィリアが並んだ。神父は穏やかな表情でメイナードに問いかけた。

「新郎メイナード、あなたはフィリアを妻とし、健やかなる時も病める時も、富める時も貧しい時も……」

神父の落ち着いた声の響きに耳を澄ませながら、フィリアの胸はとくとくと緊張気味に高鳴っていた。

「……彼女を愛し、敬い、共に助け合い、その命ある限り心を尽くすことを誓いますか?」

「はい、誓います」

線の細くなったメイナードから紡がれた誓いの言葉が、迷いのない、力強くはっきりとしたものであったことが、フィリアの胸に響いた。

フィリアも、緊張から震えそうになる声を張るようにして誓約の言葉を紡ぐと、ルディが手に載せてやって来たリングピローの上にある金の指輪を交換した。落とさないように慎重に指輪を持ち上げたメイナードが、フィリアのほっそりとした指に指輪を嵌める。彼女も彼の骨ばった指にそっと指輪を嵌めると、車椅子のメイナードの前にゆっくりと屈んだ。

フィリアのヴェールをメイナードが持ち上げると、彼の顔が静かに彼女に近付き、その唇が優しく彼女の唇に触れた。

メイナードの柔らかな唇の感触を直接感じて、うっとりと頬を染めたフィリアを見て、メイナード

は柔らかな笑みを浮かべていた。

神父により二人が夫婦になったことの宣言がなされ、順番に結婚誓約書への署名を行ったものの、メイナードに口付けられてからは、フィリアはどこかふわふわと夢の中にいるような気分で式の時間を過ごしていた。

＊＊＊

結婚式を挙げた日の晩、ウェディングドレスから夜着に着替えて湯浴みも終えたフィリアは、メイナードの部屋を訪れた。彼も既にタキシードから夜着に着替えて、ベッドに身体を横たえていた。

久しく離れていなかったベッドから出て式の時間を過ごしたメイナードに向かって、フィリアは労わるように微笑んだ。

「今日はありがとうございました、メイナード様。きっとお疲れのことでしょう」

フィリアは優しく手をメイナードに翳すと、静かに回復魔法を唱えた。薄暗い灯りに照らされた部屋の中を、フィリアの手から放たれた白い光が淡く舞う。

「僕の方こそありがとう、フィリア。……君と夫婦になれたなんて、何だか夢のようだよ」

「ふふ、それは私の台詞です」

微笑み合う二人の左手の薬指に嵌められた、揃いの金の指輪が微かに光を弾いていた。

初夜とはいえ、メイナードの身体の状況では互いに身体を重ねることは難しいと、フィリアも十分にわかっていたし、それに、もし心の準備ができているかと問われたとしたなら、フィリアは真っ赤になって倒れてしまいそうだった。

彼女はメイナードを見つめて穏やかに笑った。

「ではゆっくりと休んでください、メイナード様。また明日、お側にまいりますね」

「……フィリア」

メイナードは、フィリアをベッドから見上げると彼女の手を静かに取った。

「もう少し、僕と一緒にいてはもらえないかな？」

彼の瞳の奥に、優しい色と共に微かな熱を感じて、フィリアの肩はぴくりと跳ねた。

彼女は頬に熱が集まるのを感じながら、こくりと頷いた。

「はい、メイナード様のお邪魔にならないようなら」

「君が邪魔になるはずがない。君が側にいてくれるだけで、元気が湧いてくるような気がするんだ」

嬉しそうに笑ったメイナードのベッドサイドに腰かけて、フィリアはしばらく彼との会話を楽しんだ。けれど、夜が更けて部屋の中が次第に冷えてくると、薄手の夜着に身体を微かに震わせて小さなくしゃみをした。

そんな彼女を見て少し逡巡してから、メイナードは躊躇いがちに口を開いた。

「……もし君が嫌でなければだが、僕の隣に来てくれないか？」

少し身体をずらして、広いベッドの横を空けたメイナードの姿に、フィリアは眩暈を覚えながら頷いた。

「は、はい」

フィリアはそっとメイナードの隣に身体を滑り込ませた。まだ彼の体温が残るその場所も、そしてすぐ隣にいる彼の身体も温かかった。

メイナードはゆっくりと手を伸ばすと、緊張気味に身体を固くしていたフィリアを優しく抱き締めた。初めて彼の腕の中に抱き締められ、フィリアは心臓が激しく高鳴るのを感じていた。彼の心臓もまた、鼓動が速い。

メイナードは、フィリアを抱き締める腕に力を込めると、いったん腕を緩めてから彼女の顔を覗き込んだ。

「これほど誰かを愛おしいと思ったことは、生まれて初めてなんだ」

呟くようにそう言ったメイナードは、フィリアの唇に触れるだけの優しいキスを落とした。触れるだけとはいえ、式の時よりも長くて甘い口付けに、フィリアの頭の中は沸騰しそうになる。

彼はフィリアから唇を離すと、ふわりと笑った。

「こんな僕のところに嫁いできてくれて、本当にありがとう。フィリア」

フィリアは心の中で彼の言葉に白旗を上げると、真っ赤になった顔を両手で覆うようにしながら口を開いた。

「……私、メイナード様が姉と婚約していた時から、ずっと貴方様に憧れて、密かにお慕いしていたのです。だから、私こそ、メイナード様のお側にいられることに感謝しています」

メイナードの瞳が驚いたように瞠られ、彼女に回された腕に再び力が込められた。

「君に出会えて、こうして今一緒にいられることを、神に感謝しなければいけないな……」

メイナードはフィリアを抱き締めながらも、首元の黒い呪詛が彼女の顔に触れるほどに近付いたことに気付くと、慌てて少し身体を離した。

「すまない。気持ちが悪かっただろう」

フィリアはすぐに首を横に振った。

「いえ、ちっとも。ですが……」

彼女はメイナードの首元を覗き込むと、真剣な表情に戻って彼に尋ねた。

「……あの、メイナード様は、今、喉元の辺りに苦しさを覚えられましたか？」

「いや、特にそういったことはないが……」

そう答えたメイナードの正面から、フィリアは彼の首に禍々しく並ぶ呪いの紋を見つめた。彼の首に爪を立てるように現れている呪詛に、不思議な色が浮かび上がっていたように感じて、そして彼女に何かを訴え掛けてきたような気がして、フィリアは再び彼の首元をじっと覗き込んだ。

（……これは、何かしら？）

フィリアがよく見ると、メイナードの首元で呪いの紋が一つずつ揺らぐように動いていた。以前に触れた時にも、それは微かに動いているようにフィリアは感じていたけれど、今は彼女の前で、それぞれの紋がゆっくりと形を変化させているようだった。

小さく息を呑んだフィリアが、表情を変えて首に目を凝らしていることに気付いたメイナードは、彼女に尋ねた。

「どうしたんだい、フィリア？」

「メイナード様。お首に現れている呪いの紋が、少しずつ動いて形を変えているようなのです」

「……そうか」

メイナードは、自らの首元に指先で触れた。

「これは、まるで生きているような感覚があるんだ。呪いというものがいったい何なのか、僕には詳しくはわからないが、自らの意思を持って僕の身体に巣食っているように感じられる」

(メイナード様も、そのように思っていらしたのね)

メイナードは指を首から離すと、フィリアを見つめた。

「この部分は、鏡で見ない限りは死角になるから、自分の目で見ることはあまりなかった。朝起きた時に、どの程度悪化したのかを確認するくらいだったんだ。だが、ちょうど今のような、何かが蠢いているような違和感は、痛みの他に時々感じていた」

「そうだったのですね……」

フィリアは、目の前の呪詛に不思議な感覚を覚えていた。メイナードの言葉の通り、彼の首に現れた呪いは、それ自体がどこか生命を持っているように思われた。

けれど、彼を苦しめているはずの呪詛が、まるでそれ自体の一部が苦痛にのたうち回っているかのように、悲鳴を上げて助けを求める苦しげな色が重なっているかのように、フィリアには感じられるのだ。

(何というか……メイナード様を苦しめているこの呪いには、彼を蝕もうとしている純粋な暗い力の

他に、何か別のものも混じっているような、そんな気がするわ）

メイナードの首元に視線を落としていたフィリアの瞳を、彼が静かに覗き込んでいることに気付いて、フィリアは小さく首を傾げた。

「メイナード様？」

「君の、その左目……」

メイナードは、フィリアの左目にかかっていた長い前髪をさらりと持ち上げた。

彼のアメジストのように澄んだ両目でじっと見つめられ、頬に血が上るのを感じていたフィリアの前で、彼はその瞳をさらに輝かせていた。

「今、君の左目が淡い光を帯びていたように見えたんだ」

「私の、左目がですか？」

メイナードの意外な言葉に、フィリアは瞳を瞬いた。両目ともに碧眼をした両親とも姉とも違う、緑がかった自分の左目に、フィリアはずっと劣等感を抱えて隠すように過ごしてきたし、そのような言葉を言われたこともなかった。

「私も、自分の目は鏡で見ない限りは見えないので、よくはわからないのですが。そのように仰った方は、メイナード様が初めてです」

「前にも、君といる時に、君の左目が優しく輝いていたように感じたことがあったのだが、光の加減かと思っていた。でも、薄暗いこの部屋でもそう見えたんだ」

「そうですか、なぜなのでしょうね……？」

戸惑い気味にそう答え、隠し慣れていた左目を見つめられることに気恥ずかしさを覚えていたフィリアの気持ちを汲んだかのように、メイナードはゆっくりと口を開いた。

「フィリア。前にも言ったが、君のその左目もとても美しいと僕は思うよ。まるで、深い森の中に佇む静謐な湖のような色合いで、いつまでも眺めていたくなる」

瞳を愛おしげに細めたメイナードの言葉に嘘がないことは、フィリアにも伝わってきた。ますます頬を染めたフィリアの頭を、彼は優しく撫でた。

「……そろそろ、休もうか?」

「あの、あともう少しだけ確認させていただいても?」

「ああ、もちろん構わないよ」

フィリアはメイナードの首元にそっと触れると、たった今目の前で形を変えていく呪詛に混ざるようにして浮かび上がってきた、他の呪いの文字とは大分趣の異なる文字の一つに顔を近付けて眺めた。

(ああ、この字には、見覚えがあるわ)

何かに気付いた様子のフィリアに、メイナードは尋ねた。

「何か、気になったことでも?」

「はい。今までは、竜の呪いというところに焦点を当てて、その解き方を中心に調べていましたが、呪詛も一種の文字の連なりです。これらはどれも見たことのない文字のようだと思っていましたが、ちょうど今形を変えて現れたように見えるこの文字は、以前に古い書物で見た記憶があります」

フィリアは、その文字の部分にそっと触れてから続けた。

「これは、古代語と呼ばれるものよりも、さらに古い時代に使われていた文字だと思いますが、これが表す内容を読み解けるか調べてみたいと思います。直接呪いを解くことに繋がるかはわかりませんが、何かしらの手がかりが得られるかもしれません」

「ありがとう、フィリア。頼りにしているよ」

穏やかな笑みを浮かべたメイナードを、フィリアは温かな瞳で見つめた。

「メイナード様、お疲れのところ、たくさんお時間をいただいてしまいましたね。では、私はこれで……」

彼に向かって微笑みかけてから、彼に背を向けてベッドから出ようとしたフィリアのことを、メイナードがそっと優しく後ろから抱きすくめた。

「……!?」

メイナードの大きな身体にすっぽりと包まれるような形になって、フィリアは息が止まりそうになった。

「……このまま僕と一緒に休むのは、嫌かな？」

緊張の滲む、少し掠れたメイナードの声が耳元で響いて、フィリアは真っ赤な顔でふるふると首を横に振った。

「い、いえ……！」

頭が真っ白になりそうになりながらそう答えたフィリアは、メイナードがほっとしたように笑う気配を背後から感じた。そろそろと彼を振り返って、その胸の中に収まったフィリアのことを、彼は大切そうに抱き締めた。

「フィリア。君に触れていると、何より癒されるよ」

メイナードはフィリアの額に優しくキスを落とすと、彼女を再び腕の中に包み込んだ。

「おやすみ、フィリア」

「お、おやすみなさい、メイナード様……」

もう一度フィリアを見つめてから、安心したように、幸せそうに閉じられたメイナードの瞼を見ながら、彼女は自分の心臓が信じられないような音を立てるのを感じていた。

（メイナード様、私に甘過ぎるような……？　これでは、私の心臓の方が持たない気がするわ……）

呪詛に蝕まれてやつれてはいても、それでもフィリアから見たメイナードはとても美しかった。

彼の整った顔と長い睫毛を間近から見上げて、フィリアは跳ねる胸を落ち着かせるように静かに深呼吸をしてから、彼の体温に包まれるようにして、そっとその瞳を閉じた。

第八章　新しい朝

（ん……）

部屋に差し込む眩しい朝陽に、フィリアはゆっくりと瞳を開いた。

自分がどこにいるかが一瞬わからず、寝起きのぼうっとした頭のままで数回瞬きをしたフィリアは、自分に回されている温かな腕に気付くと、はっとして目を見開いた。

フィリアがそろそろと視線を上げると、愛しげに彼女を見つめているメイナードの瞳と目が合った。

「おはよう。よく眠れたかな、フィリア？」

かあっと頬を染めたフィリアに向かって、彼は優しく微笑む。

「は、はい……！」

フィリアはしどろもどろになりながら、メイナードの言葉に頷いた。

（そう言えば、昨夜は……）

混乱する頭の中で、フィリアは昨晩のことを思い返していた。式を終え、メイナードの元を訪れて、そのまま彼の腕の中で眠りについて……。

どうやら彼女の寝顔をしばらく眺めていた様子のメイナードを前にして、耳まで熱くなる。

（寝顔やこんな寝起きの姿をお見せしてしまって、恥ずかしいわ……）

昨晩のフィリアは、メイナードの腕の中で、式の疲労が出た様子だった彼の安らかな寝息が聞こえ始めてからも、なかなか眠れずにいた。

長い間憧れていたメイナードとの挙式を終えて、彼の腕に包まれながら、ひたひたと満たされるような幸せの感覚と、なかなか静まらない胸の鼓動に、冴えてしまった目を深夜まで持て余したフィリアは、目覚めた今でもまだ頭がぼんやりとしていた。

「おはようございます、メイナード様」

動揺に顔を赤らめてから恥ずかしそうに口を開いたフィリアを見つめて、メイナードはくすりと笑みを零した。

「可愛いね、君は。こんなに幸せな朝は初めてだよ」

フィリアの額にそっと唇を落としたメイナードの表情は輝くばかりに嬉しそうで、フィリアはどぎまぎとしながら、赤く染まった頬を隠すようにそっと彼の胸に顔を寄せた。

(メイナード様、朝からこんなにお優しいなんて。嬉しいけれど、心臓に悪いわ……)

少し気持ちを落ち着かせてから、フィリアははっとしたようにメイナードの首元を見上げた。

(あの呪いの様子は、どうなっているのかしら)

彼の首に現れている呪いの紋の色合いは、禍々しい漆黒から、心なしか少し薄くなっているように見えた。

フィリアの視線が向いた先に気付いたように、メイナードは朗らかに笑った。

「今日は、症状が大分良くなったように感じているんだ。それに、昨日からこの呪詛は少しも伸びてはいないよ」

「それは本当ですか!?」

フィリアはがばっと上半身を起こすと、まだベッドに身体を横たえたままのメイナードの首元に上から顔を近付けた。メイナードの言葉の通り、彼の喉の辺りに絡みついている呪いの紋は、昨日までに現れた場所までで留まっているようだった。

彼女が指先でそろそろと痣をなぞると、昨夜と比べても静かに落ち着いているようで、特に蠢いているようにも感じられなかった。

「良かった……！」

ほっと安堵の息を吐いて微笑んだフィリアを、メイナードは眩しそうに見上げた。

「これもすべて君のお蔭だよ、フィリア。君がここに来てくれてからというもの、僕は温かな光に包まれているような気がしているんだ」

メイナードはじっとフィリアの顔を見つめた。

「君が来る前は、自分の身体も心も、底が見えない沼に音もなく沈んでいくような、そんな心地がしていた。息をすることさえ苦しくなっていた僕に、君は手を差し伸べて、明るい光の当たる場所へと引き上げてくれているようだ」

「私はたいしたことはしていませんが、メイナード様が少しでもお元気になられたなら、とても嬉しいです」

フィリアは、この屋敷に来てから一番顔色も良くなっていたメイナードの姿を見てにっこりと笑った。くすんで張りがなくなっていた彼の肌にも、艶が少しずつ戻ってきていた。

（メイナード様のお気持ちによる部分も、きっと大きいのでしょうね）

メイナードの心の中には確かな希望の光が灯ったように、フィリアにも感じられていた。これまでは呪詛に呑み込まれそうに弱っていた彼の身体も、少しずつ息を吹き返し始めたようだった。

身体を起こそうとしたメイナードにフィリアは手を貸すと、元の輝くような美しさを取り戻し始めた彼の様子に再び頬を染めた。楽しげに笑った彼の指先が、フィリアの顎にそっと触れる。

（……!!）

メイナードの顔が近付いて来るのを感じて瞳を閉じかけていたフィリアの耳に、ドアをノックする軽快な音が響いた。思わず身体を後ろに引いたフィリアの目に、ドアの向こう側で驚いたように目を丸くしているサムの顔が映る。

「……っ、すみません、旦那様、奥様。俺はいつも、どうもタイミングが悪いようで……」

申し訳なさそうに、そしてやや頬を染めて二人から視線を逸らしながら、サムはドアのところで立ち止まった。彼が運んできたワゴンの上には、良い香りの漂う朝食の皿が載ったトレイが三つあった。

「俺、また後で出直して……」

ぎこちなく二人に背を向けかけたサムに、メイナードが明るい声を掛けた。

「いや、いいよ、サム。朝食をありがとう。そこのテーブルに置いておいてもらえるかい？」

サムは顔を赤くしたままテーブルの上に朝食の載ったトレイを下ろすと、二人を見つめてふっと微笑んだ。

「お二人が仲睦まじくされていて、俺も嬉しく思っています。今朝は、もうすぐルディ様もいらっしゃいますよ」

「そうか、それは楽しみだな」

フィリアは慌てて立ち上がると、メイナードに軽く頭を下げた。

「私、身支度を整えてから、すぐに戻ってまいりますね」

「ああ、わかった。待っているよ」

フィリアは真っ赤な顔でサムの隣を通り抜け、逃げるように自室に戻ると、ふうっと一つ大きく息を吐いた。

「私、ここでの生活に慣れることができるかしら……」

メイナードの優しく甘い笑みを思い出し、フィリアはくらりと眩暈を覚えたけれど、ややふらつく足を叱咤(しった)するようにして急いで服を着替えた。

鏡台の前で髪を梳(す)きながら、フィリアは鏡の中の自分を眺めた。今までは見る度に目を逸らしたくなっていた、左右で色の違う瞳が前髪の間から覗いている。

(メイナード様は、私の左目が輝いて見えたと、そう仰っていたけれど……)

仄かな緑色を帯びた自分の左目を、フィリアは鏡越しに見つめたけれど、特に光を帯びている様子もない、いつも通りの自分の瞳だった。

(でも……)

メイナードに綺麗な瞳だと繰り返されて、フィリアは、もう自分の瞳を見るのが嫌ではなくなっていることに気が付いた。

口元に幸せそうな笑みを浮かべた彼女は、愛しい彼が待つ部屋へと早足で向かっていった。

＊＊＊

フィリアがメイナードの部屋に戻ると、既にルディがテーブルの前の椅子に腰掛けていた。ルディはフィリアを見て嬉しそうに笑う。

「おはよう、フィリア義姉さん」

屈託のないルディの笑顔に、フィリアもつられるように微笑んだ。

「おはよう、ルディ。お待たせしてしまって、ごめんなさい」

ルディは瞳を輝かせてメイナードを見つめ、そしてフィリアに視線を戻した。

「こんなに兄さんの調子が良さそうなのは、久し振りなんだ。これもフィリア義姉さんのおかげだって、兄さんが言ってた。……ありがとうね、フィリア義姉さん」

弾むようなルディの口調に、フィリアの心は明るくなっていた。そして、ルディに義姉と呼んでもらえることに、こそばゆいような嬉しさも感じていた。

「メイナード様がしっかりと前を向いていらっしゃるからよ。強くて立派なお兄様ね」

「うん！　兄さんは、僕の自慢の兄さんだからね。呪いになんて負けたりしないよ」

呪いという言葉を聞いて、メイナードとフィリアは思わず顔を見合わせた。

「……ルディ、君は、呪いのことにも気付いていたんだね」

やや眉を下げたメイナードに、ルディは頷いた。

「うん。使用人たちがたくさん辞めていった時、あることないこと言っていたけれど、その時に耳にしたんだ」

ルディの頭を、メイナードが優しく撫でた。

「ルディにも、すっかり心配をかけてしまったね。……さあ、朝食にしようか」

フィリアはこの朝もメイナードの隣に椅子を近付けると、回復の兆候が見られているとはいえ、まだ十分に手に力が入らないメイナードの口に食事を運んだ。礼を述べるメイナードの横で、ごく自然にフィリアが彼の手助けをしている様子を、ルディは明るい表情で見つめていた。

和気藹々とした三人での朝食を終えたフィリアは、空いた皿を載せたトレイを下げようとキッチンに運んでいる途中、メイナードの部屋に向かって来ていたサムに声を掛けられた。

「おや、奥様。俺が片付けますから、そのまま部屋に置いておいてくだされればよかったのに」

フィリアの腕からトレイを受け取ったサムに、彼女はにっこりと笑った。

「ありがとう、サム。この後、研究所から借りた資料を部屋に取りに戻ってから、またメイナード様のお部屋に持っていって目を通す予定なのです。ルディには、メイナード様とお二人だけで話す時間がもうしばらくあった方がよいのではないかと、そう思って」

サムはフィリアに温かな笑みを返した。

「フィリア様は、細やかな気配りをなさる方ですね。でも、そんなに気を遣っていただかなくても、何の心配もないと思いますよ。もう、ルディ様もフィリア様を家族として受け入れているのが伝わってきますから」

フィリアはほっとした様子でサムを見つめた。

「そうだと嬉しいのですが。ルディはとても真っ直ぐな、可愛い子ですね」

ルディのことを褒められて、サムはその笑みを深めた。

「ええ、そうでしょう？　さすがはメイナード様の弟君だと、俺も思っていますよ。それにね、坊ちゃんは非常に賢いのですよ」

フィリアに向かって、サムは誇らしげに続けた。

「学のない俺が言うのもなんですが、家庭教師がついていた時には、坊ちゃんの物覚えの良さに感嘆していましたし、呑み込みの速さに加えて、幼いながらに鋭いところもありましてね。……旦那様のお身体があのようになってから、坊ちゃんの家庭教師もこの屋敷から去ってしまい、少し物足りなくなってしまったのではないかと心配しているんです」

「そうだったのですか……」

瞳を瞬いたフィリアを、サムは懇願するような調子で見つめた。

「フィリア様が古い書物や資料を読んでいる様子を横で見ているだけでも、坊ちゃんにはよい刺激になるのではないかと思います。坊ちゃんは好奇心旺盛なのですが、彼も一緒にメイナード様のお部屋で過ごしている場合にも、どうか無下にしないでやっていただけると助かります」

「ええ、もちろんです」

サムは感謝を込めた眼差しでフィリアを見つめ、小さく頭を下げると、フィリアから受け取ったトレイを持ってキッチンへと戻って行った。

フィリアは自分の部屋に戻ると、古い資料の中から数冊の文献を選び出し、両手に抱えてメイナードの部屋へと向かった。

メイナードの部屋に入ったフィリアが、手にしていた古い文献をテーブルの上に重ねていると、ルディは興味津々といった様子で、早速彼女の横に近付いてきた。メイナードは、温かな笑みを浮かべながらルディに呼びかけた。

「それは、フィリアの大切な仕事の資料だよ。彼女の邪魔はしないようにな、ルディ」

「わかってるよ、兄さん。僕だって、フィリア義姉さんに早く兄さんの呪いを解く方法を見付けてほしいからね」

そう言いながらも、好奇心を抑えられない様子で、見たこともないような古い文献に瞳を輝かせているルディの姿に、フィリアはにっこりと笑いかけた。

「ルディは、本が好きなの？」

「うん！　新しいことを学ぶのも好きだよ」

二人の会話に耳を傾けていたメイナードが、フィリアに向かって微笑んだ。

「ルディは聡いよ。興味の幅も広いし、覚えもいいんだ。よく物事を見ていて、時々僕も驚かされるようなことを言うし。……少し前に、彼の家庭教師が職を辞してしまったが、できることならもっと彼に学ばせてやりたかったのだがね」

「サムからも、ちょうどそのお話を聞きました。ルディのことを、とても賢いと褒めていましたよ」

少し気恥ずかしそうに鼻の下を擦ったルディは、テーブルの脇にある椅子の一つに腰かけながらフィリアに尋ねた。

「邪魔しないようにするから、フィリア義姉さんが本を読んでるのをここから見ていてもいいかな？もし気が散るようだったら、やめておくよ」

「ふふ、大丈夫よ。古代語で書かれた文献が大半だから、見ていてもよくわからないかもしれないけれど……」

「うん、構わないよ」

すっかりわだかまりも解けてにこやかに話す二人の姿を、メイナードは嬉しそうに見つめていた。ルディは、メイナードの視線に気付いて口を開いた。

「ちゃんと、フィリア義姉さんの邪魔はしないようにするから、兄さんはしっかり休んでてね？」

「ああ、わかったよ」

ベッドに身体を横たえたメイナードが瞳を閉じるのを見届けてから、フィリアは手元の資料の中から一冊の本を取り出した。

それは、イアンが持って来た文献の中でも特に古いものの一つで、古代語よりもさらに時代を遡った文字で記載されているページが含まれていた。

ぱらぱらとフィリアがページを捲っていると、メイナードの首元に現れていた文字のうち幾つかの記載があった。けれど、その文字が意味するところまでは読み取れなかった。

他にフィリアが選んで持って来た古い資料からも、今のところ満足な情報を得られてはいなかった。

（やっぱり、一度研究所に行って、あの文字に関する書物を改めて探した方がよさそうね。イアン様に相談もしたいし）

メイナードの身体に回復の兆しが見られたこと、呪いの悪化はいったんは食い止められたように見えること、そして、まだ呪いを解く方法は見付かってはいないものの、呪詛の文字自体を読み解こうと考えていることなど、フィリアは今までの経過をイアンに報告して、彼の助言も聞きたいと思っていた。

フィリアは、テーブルの向かいに座るルディに視線を移した。

粛々と調べものを続けるフィリアと、彼女が手元に広げている資料を、ルディは飽きずに眺めている様子ではあったけれど、彼女はいったん手を止めると思案げにルディに尋ねた。

「ごめんなさいね、ルディ。つまらなくはないかしら？」

「ううん、そんなことはないよ。兄さんの呪いを解く方法が見付かるといいなって、そうお祈りしながら見てたんだ」

兄を心配するルディのひたむきな思いに、フィリアはきゅっと胸が締め付けられるような思いがした。ルディはフィリアを見て、嬉しそうに笑った。

「こうしてフィリア姉さんを見ていると、心から兄さんのことを想って、兄さんのために真剣に調べてくれてるんだなってことがよくわかるよ。フィリア義姉さんが兄さんと結婚して、僕たちの家族になってくれて、本当によかった」

ベッドに横たわるメイナードに、ルディはちらりと視線を向けた。穏やかな表情で瞳を閉じた彼からは、微かな寝息が聞こえ始めていた。

ルディは少し口を噤んでから、申し訳なさそうに俯いて、メイナードを起こさないようにさらに落とした声で続けた。

「フィリア義姉さんと、あの兄さんの前の婚約者は、姉妹とはいっても全然違ったのに。初めて会った時には、あんなに酷いことを言っちゃって、ごめんなさい」

改めて彼女に謝ったルディに向かって、フィリアは微笑むと首を横に振った。

「何も気にすることはないわ、ルディ」

ルディはふっと遠い瞳をしてぽつりぽつりと続けた。

「兄さんがあんな身体になるまでは、たくさんの人たちが、兄さんを英雄だって祭り上げて、周りに集まっていたのに。大怪我をして、呪いにかかって、もう魔物と戦えないって噂が広まったら、ほとんどの人が、兄さんに背を向けていなくなったんだ。……兄さんの本質は、何も変わっていないのにね」

ルディは小さな手をぎゅっと握り締めると、ベッドの上のメイナードを見つめた。

「優しくて、気高くて、強くて、誰より格好いい兄さんなのに。僕、皆が急に掌を返して離れていくのが、凄く悔しかったんだ」

フィリアは、傷付いたルディの心を思って、そっと彼の頭を優しく撫でた。

「辛かったわね、ルディ。よく我慢していたわね」

「……言い訳にはならないけれど、そんな燻(くすぶ)っていた気持ちも、あの時フィリア義姉さんにぶつけちゃったんだ。前の婚約者の代わりに来ただけで、きっとすぐにいなくなっちゃうんだろうと思って。でも、フィリア義姉さんは他の人たちとは違ったね」

ルディはじっとフィリアを見つめた。

「あれから、フィリア義姉さんが兄さんと話すところを、何度かそっと陰から見ていたんだ。フィリア義姉さんには、兄さんの本質が見えているみたいだった。やつれて呪いに蝕まれている兄さんでも、以前の兄さんと何も変わらないように接してくれた。さりげなく、いつも優しい気遣いもしてくれたし。それを見て、僕、安心したんだ」

彼はにこっとフィリアに笑い掛けた。

「フィリア義姉さんの目には、ちゃんと兄さんの真実の姿が映っているんだね」

フィリアは少し躊躇ってからルディに尋ねた。

「……私の目、左右の色が違うでしょう。見ていて気持ちが悪くはないかしら？」

「ううん、僕はそうは思わないよ。僕、フィリア義姉さんの瞳、好きだもの」

ルディはフィリアの瞳を覗き込むように見上げた。

「それにね、時々、左の目がきらきらするの。とっても綺麗だよ」

「えっ？」

メイナードに言われたのと同じ言葉を耳にして、フィリアは目を瞬いた。

「フィリア義姉さんの目は澄んでいるから、他の人には見えないものまでお見通しなんじゃないかって、何だかそんな気がするんだ」

フィリアを見つめて、ルディはふふっと笑った。

「僕が兄さんの元から去って行った人たちに怒っていた時、兄さんは僕に言ったんだ。誰もが皆、それぞれの色眼鏡をかけている。皆が同じものを見ているようで、それぞれの考え方を通してしか物事を見ることはできないんだから、それに腹を立てても仕方ないんだって。……でもね、きっと、フィリア義姉さんの目は、そんな歪んだ色眼鏡なしに、他の人なら見えない本当のことまで見えているんじゃないかな」

「そんなことを言われたのは、初めてよ……」

子供の純粋な感情から発せられた、けれど年の割には随分大人びて聞こえる言葉に、フィリアは目を瞠っていた。

「……だって、今の兄さんだって、フィリア義姉さんには誰より格好良く見えているでしょう？」

フィリアはルディの言葉にくすりと笑みを零すと、大きく頷いた。

「ええ、その通りよ。ルディこそ、私の考えをお見通しのようね」

フィリアの返答に、今度はルディも年相応のあどけない笑みを浮かべていた。

「あ、そうだわ……」

フィリアは、手元に開いていた書物のうち、挿絵の多い一冊を手に取ると、くるりとルディの方向に向けた。

「この本には絵が多くて、古い物語も幾つか載っているの。この大昔の文字は、私にも全部はわからないのだけれど、絵本のように絵だけを追っても面白いかもしれないわ」

「えっ、いいの？　こんなに貴重な本を見せてもらっても」

瞳を輝かせたルディに、フィリアは頷いた。

「ええ。ルディなら大事に見てくれると思うから」

「うん。絶対に破いたりしないように、そうっと気を付けて読むね。……僕にも、何か兄さんを助ける手がかりが見付けられたらいいんだけどなあ」

「そうね、私もそう思うわ」

兄思いの優しいルディの言葉にフィリアが微笑んだ時、部屋のドアが控えめにノックされた。フィリアが返事をすると、ドアの向こう側からサムの顔が覗いた。

「フィリア様に、こちらのお手紙が来ています。イアン様からです」

「まあ、イアン様から？　……私もちょうど、イアン様にご連絡しようと思っていたところだったのです」

(竜に関して、何かわかったのかしら？)

メイナードが倒した竜を研究対象にすると言っていたイアンの言葉を思い返しながら、サムから手紙を受け取ったフィリアは、期待と緊張の混ざった面持ちでその封を切った。

第九章　イアンの推察

イアンからの手紙を開封して便箋を取り出したフィリアは、その中身に目を走らせると、みるみるうちにその表情を硬くした。

フィリアの様子に、ルディが心配そうに尋ねた。

「どうしたの、フィリア義姉さん？　何か悪い知らせでも？」

はっとしたように、フィリアはルディに微笑み掛けた。

「ううん、大丈夫よ。少し驚いただけ。……この手紙をくださったイアン様は、私が勤める研究所の所長なの。明日にでも、ちょっと研究所まで出かけてくるわ」

「うん、わかった」

大人しく頷いたルディの頭を、フィリアは不安を胸に隠してそっと撫でた。イアンからの手紙は、彼女が予想していた通り、竜の調査に関することだった。

その文面には、竜の調査からは既に帰還していること、竜の身体はその動きを止めてはいるものの、まだ生き永らえていると思われる旨が綴られていた。

（竜は、もう命を落としたものだと思っていたのに。生きながら、メイナード様に呪いをかけたということ……？）

どこか胸騒ぎを覚えつつ、フィリアは便箋を畳んで封筒にしまうとサムを見つめた。

「明日の朝に研究所へ向かおうと思っているのだけれど、馬車を用意してもらうことはできますか？」

「はい、すぐに手配しておきますね」

彼女の緊張を帯びた表情から、サムも何かを察した様子ではあったけれど、それ以上の詳細は尋ねることなく、すぐにその言葉に頷いた。

サムが部屋を出て行くと、フィリアは気を取り直したようにルディに向かって口を開いた。

「今日調べられることは、できるだけ調べてしまうつもりよ。明日になったら、読み終えた資料は研究所に返しに行こうと思っているの」

「じゃあ、僕も今日中にこの本を見てしまうね」

挿絵のページが開かれている手元の本に視線を落としたルディに向かって、フィリアは慌てて首を横に振った。

「あ、でも、ルディは急ぐ必要はないわ。もし面白いようなら、ゆっくり見てくれて構わないから。……その本は今までも、研究に直接使ったことはなかったし」

「そうなんだ、ありがとう！」

微笑んだルディの前で、フィリアはまだ読んでいない文献を手に取ると、メイナードの呪詛に関連しそうな記述に、手際良く目を走らせていった。

＊＊＊

メイナードが身体を動かした気配を感じて、フィリアはベッドの上の彼を見つめた。数回目を瞬いたメイナードは、分厚い書物に向き合っていたフィリアに向かって微笑みかけた。

「僕のためにずっと調べものをしてくれて、ありがとう。……ルディも、本を読んでいるのかい？」

ルディはメイナードに向かって嬉しそうに笑った。

「フィリア義姉さんが、絵がたくさん載っている本を教えてくれたんだ。僕にこの古い字は読めないけれど、絵だったら、書いてある内容は何となくわかるから」

「そうか、随分と熱心に見ているようだったね」

「うん！　見ているだけでも面白いし、それに、何か兄さんの呪いを解くのに役立つことが見付かったらいいなと思って」

「そうか、ありがとう、ルディ。貴重な本をルディに見せてくれて、フィリアにも感謝しているよ」

メイナードは温かな笑みをルディとフィリアに向けた。ルディは本の挿絵を眺めながら続けた。

「……呪いに関するお話も、いくつかあったんだけどね。随分昔から、こういうお話って多いんだねえ」

メイナードとフィリアは、ルディの言葉に顔を見合わせた。

「どんなお話を見付けたの、ルディ？」

フィリアも、その本の中では竜の呪いに関する部分しか読んではいなかったので、興味深くルディの話に耳を傾けていた。

「これまでに見付けたのは、お姫様が王子様の呪いを解くお話と、王子様が呪われたお姫様を助けるお話だよ。どっちも、僕がもっと小さい頃に絵本で読んだお話とよく似ているんだ。絵からわかる範囲でだけど、真実の愛やキスで呪いが解けて身体が動くようになったり、目が覚めたりするんだよ」

フィリアは、ルディの発見を新鮮な感覚で聞いていた。

「ルディの言う通り、まるで御伽噺のようね」

同じ本に載っていた、聖女が勇者の竜の呪いを解いたとされる、似たようなくだりを彼女は思い出していた。

（私が読んだ時には、聖女が竜の呪いを解いたという魔法の部分しか気にしていなかったけれど、確かに聖女の勇者に対する愛情が前提になっていたわ……）

フィリアはルディに向かってにっこりと笑い掛けた。

「私よりもルディの方が、曇りのない目で古い書物を見てくれていると思うわ。教えてくれて、ありがとう」

「うん！」

メイナードも楽しげにルディの話に瞳を細めていた。

「なるほどな、面白いものだね。意外と、それは真実を突いているのかもしれないな……。僕も、フィリアが側に来てくれてから、身体の具合が上向いてきているし」

「なら、絶対に兄さんは助かるよ！　だって、フィリア義姉さんは兄さんのことが大好きだもの」

急に期待を込めた瞳でルディに見つめられて、フィリアはふわりと頬に血を上らせた。

「そ、そうですね。それだけは、誰にも負けない自信があります」

恥ずかしげにますます頬を染めたフィリアを、メイナードは愛しげに見つめた。

「フィリア。僕も君に同じ言葉を返すよ」

メイナードとフィリアは、互いにくすくすと笑みを零した。そんな二人を見つめたルディからも、ふふっと明るい笑い声が漏れる。

メイナードの部屋は、三人の温かな笑い声で満たされていた。

＊＊＊

翌朝、馬車が王宮の前で止まると、フィリアはたくさんの書物の入った大きな鞄を抱えて馬車から降りた。

フィリアはこの日、早朝から支度をして、研究所に出かける旨を改めてメイナードとルディに伝えてから屋敷を出ていた。

鳥の囀りが響き、涼やかな風が樹々の枝を揺らす王宮の中庭を通り過ぎ、王宮の端に近い一角にある研究所へと向かう。

フィリアがずっしりと重い鞄を肩に掛けて歩いていると、後ろからトントンと肩が叩かれ、急に肩が軽くなったのを感じた。

（あら……？）

驚いた彼女が振り返ると、フィリアの鞄を手にして微笑むイアンの姿があった。

「おはよう、フィリア。早いですね」

「おはようございます、イアン様。あの、その鞄……」

戸惑い気味に口を開き掛けたフィリアの言葉を、イアンが遮った。

「こんなに大きな荷物を抱えて、重かったでしょう。中身はあの古い資料類ですか？」

「ええ、その通りです。それは私が持ちますので……」

イアンは首を横に振ると、ひょいっとフィリアの鞄を肩に担いだ。

「女性にこんなに重いものを持たせるのは、私の主義に反しますのでね。重い思いをしながら直接持参していただかなくても、研究所まで資料を送ってもらってもよかったのですよ？」

「いいえ、どれも大切なものですから、直接お返ししたいと思いまして。それと、幾つかイアン様に伺いたいこともあるのです。メイナード様の症状についてのご報告とご相談もできればと思っています」

イアンは真剣な表情のフィリアに向かって頷いた。

「そうですか。まだ朝も早いですし、恐らく他の皆は誰も来てはいないでしょう。研究所に着いたら、ゆっくりと話を伺いますね」

「ありがとうございます、イアン様。それに、荷物までこうして持っていただいて……」

「はは、気にしないでください。それに、手紙も送りましたが、私もできれば直接フィリアに伝えておきたいことがありましたしね」

一見すると微笑んでいるように見えたイアンだったけれど、その口元は軽く引き結ばれていた。

フィリアは、イアンの言葉にどことなく緊張を覚えながら、彼と一緒に研究所の中へと入っていった。

フィリアはイアンの後ろについて研究所の入口を潜ると、足を踏み入れた研究室を見回した。

（ああ、久し振りだわ）

書棚に囲まれ、机が整然と並ぶ見慣れた研究室の景色は、フィリアにとって落ち着くものだった。部屋を満たす古い本の匂いを懐かしく感じながら、フィリアはすうっと息を吸い込んだ。

机に鞄を置いたイアンを見て、フィリアは頭を下げた。

「すっかりお言葉に甘えてしまいましたが、鞄を持ってくださってありがとうございました」

「いえ、構いませんよ、フィリア。……さて、本題ですが、まずは私からお話ししても？」

「はい。お願いします、イアン様」

イアンは椅子に腰かけると、机を挟んだ向かいにある椅子をフィリアに勧めた。フィリアが椅子に座ると、イアンは両手を机の上で組んでからゆっくりと口を開いた。

「手紙でお知らせした内容と重なりますが、メイナード様が倒したと思われていたあの竜は、恐らく生きています」

「……あのような強い呪いは、魔物の命と引き換えになされるものではないのでしょうか？」

「通常はそうなのだと思います。まあ、魔物による呪いというもの自体が、かなり稀なケースにはなりますけれどね」

フィリアがイアンの言葉に困惑した表情で続けた。

「けれど、今回の竜の呪いは違うようだと、そういうことなのですね」

「ええ。前にフィリアの元を訪ねてから、私はその足で竜が出た森へと向かったのですが、倒れたはずの竜は、地面の上で蹲(うずくま)るような格好になりながらも、朽(く)ちる様子もなく、まるで静かに眠っているようでした」

「……竜が絶命していなかったなら、誰か竜にとどめを刺さなかったのでしょうか」

イアンはフィリアをじっと見つめた。

「いい質問ですね、フィリア。眠っているように見えた竜は、自らに特殊な魔法でもかけているのか、攻撃魔法がどれも効かないのです。硬化した鱗が剣も弾いてしまうため、手の打ちようがないというのが現状です」

「そうなのですね……」

フィリアはしばらく思案げに口を噤んでから、再び口を開いた。

「生きながら竜がメイナード様に呪いをかけたとすると、呪いを解くことは、より難しくなるのでしょうか。呪いをかけた主がまだ生きている場合について、イアン様は何かご存知ですか？」

イアンは彼女の言葉に頷いた。

「まあ、厄介だとは言えるでしょうね。あれだけの強力な呪いをかけた主が生きていれば、呪詛を破ることもさらに難しくなるとは考えられます。冷静に聞いていただきたいのですが……」

そう言って、イアンは彼の机の引き出しから一冊の古びた本を取り出すと、栞を挟んであったページを開いてフィリアに差し出した。

「あの呪詛は、呪いを受けた者から生命力を吸い取って、再び目を覚ますための力を得る目的でかけられた可能性が高そうです」

その本は、竜に特化したものではなく、一般的な呪いについて記されたものだったけれど、開かれたページに視線を落としたフィリアの顔が、すうっと青ざめた。

「ということは、あの呪いを解けないまま放っておいたとしたら、メイナード様はいずれ……」

最後は震えそうな声でそう呟いたフィリアの肩を、イアンは励ますように叩いた。

「まだ、そうと決まったわけではありませんし、それに、呪いを解いてしまえば済む話ですからね。ただ、もう一つ厄介な事象が発生していましてね」

「厄介な事象、ですか？」

「ええ。竜が倒れた後、一時は安全になったと思われていたあの森に近い渓谷の辺りから、瘴気が漂い始めているのです。あの場に湧き出てきた有毒な空気のせいで、元々あの辺りに生息していたと思われる動物や魔物たちにも影響が出ているようでしてね。命を落として倒れたものもいれば、逆に凶暴化して力を増し、姿形まで毒々しく変化したものも見られています」

「それは、竜にも何か関係があるのでしょうか……」

フィリアの言葉に、イアンは険しい表情で続けた。

「瘴気の影響が現れ始めた時期が、ちょうど竜が倒れた時期とほぼ重なることもあり、これまでは竜の存在が何らかの形であの瘴気を防いでいたのではないかと、そのような見解も出始めています。同時に、あの有毒な空気が国に広がらないかを懸念する声も上がっています」

「……では、メイナード様に呪いをかけたあの竜が、この国にとって必要な存在である可能性があると、そういうことなのでしょうか」

悲鳴に近い声を上げたフィリアを落ち着かせるように、イアンはゆっくりと続けた。

「貴女は、メイナード様を助けることだけに集中なさい。誰が何と言おうと、私はそれが最善だと考えています。……それから、私にはもう一つ気になっていることがあるのです」

イアンは机に両肘をついて両手を組むと、思案気にその上に顎を乗せた。

「竜というのは、聖なる存在だったと記している太古の書物もあります」

フィリアも彼の言葉に頷いた。

「ええ、私も、イアン様が仰っているのと同様の記述を、ある古い文献の、イアン様が栞を挟んでくださった箇所の近くで見掛けました。竜は魔物ではなかったのかと、私も不思議に思って引っかかってはいたのです。まるで正反対ですからね」

「……これは、私の仮説でもあるのですが」

イアンは一度視線を伏せた。

「私も竜は、あの渓谷から森にかけて充満し始めた瘴気を、確かに何らかの形で防いでいたのではないかと考えています」

「イアン様まで、そのように考えていらっしゃるなんて……。では、メイナード様に呪いをかけたあの竜は、この国のためには必要だと？」

悲痛な表情でイアンを見つめたフィリアに、彼は続けた。

「あの竜が、遥か昔には聖なる存在であったということも、また真実ではないかと思うのです。湧き上がってくる瘴気から静かにこの国を守り続けていたのではないかと、私にはそんな気がしました。瘴気を長い間浴び続けたせいなのか、いつしか魔物のような姿への変貌が見られたとはいえ、恐らく、その本質は清らかな存在なのではないでしょうか」

「清らかな存在、ですか……」

彼の言葉に、フィリアは戸惑いを浮かべていた。

「そのような仮定を立ててから、書庫で見付けた過去の文献を遡（さかのぼ）ってみると、いくつか私の仮説に合致するような記載が見付かりました」

「竜は魔物ではなく、確かに聖なる存在だったということでしょうか？」

「ええ、そのように読み取れました。まあ、古い書物に残されていたことですし確実とは言い切れませんが、太古の昔には、竜と、竜を崇める人間が友好的に触れ合っていたことを示す描写も残されていました。……ただ、私の仮説が正しかったとしても、それが直接呪いを解く鍵にはならないというのが問題なのですがね」

イアンは微かに苦笑した。

「竜を本来の聖なる存在に戻す方法が見付かれば、もしかしたら、呪いを解くことにも繋がってくるのかもしれませんが……」

彼は軽く息を吐くと、改めてフィリアを見つめた。

「さて、フィリア。次は貴女の番です。メイナード様の状況を教えていただけますか？　それに、何か私に聞きたいこともあるということでしたね」

「はい、イアン様」

フィリアは、メイナードの身体に回復の兆しが見られていること、呪詛の悪化は止まり、一見改善に向かっているようにも見えるが、呪いが解ける気配はないことなどを順を追って話した。イアンは頷きながらその話を聞いていた。

「それから……」

フィリアは、イアンが運んでくれた鞄の中から、古い文献に混じって入れていた一冊のノートを取り出した。

「メイナード様の身体に現れている呪詛なのですが、私の目の前で、まるで生きているように形を変えたのです。そこで浮かび上がってきた文字らしきものには、それまでの呪詛とは趣の異なる文字もいくつか含まれていました」

彼女は、それらの文字を書き写したノートのページを開いてイアンに見せた。

「これらの文字が何を意味するのかを調べたいと思っています。このうちの幾つかは、貸していただいた古い文献にも記されてはいたのですが、詳しいことはわかりませんでした。イアン様は何かご存知ありませんか？」

イアンはしげしげとフィリアの記した文字を眺めると、ほうと小さく呟いた。

「……これは、昔の神官たちが使っていた、神に祈りを捧げる時の言葉の一部のようですね。聖なる言葉とも言うのでしょうか」

「呪詛とは、真逆の内容ですね。これも、本来は竜が聖なる存在だったということに関係しているのでしょうか……」

　思案げに呟いたフィリアに、イアンは続けた。

「私にもこの文字の並びが意味する内容はわかりませんが、これを読み解くというのは、良いアプローチのように思えます」

　フィリアはほっとしたように頷いた。

「お借りしていた文献から判断するに、過去の竜の呪いは、最終的には聖女の魔法で解けたようでした。メイナード様の呪いは、聖女の冠を拝する姉でも解けなかったというのが気がかりではありますが、もしこの文字を読み解いて、聖女の魔法のうち何が竜の呪いを解いたかに繋がる手がかりが摑めたなら、解決に近付くような気がするのです」

「なるほど。ここに並ぶ本のうち、昔の神官による祈りの言葉を扱っているものは、正面右の書棚の上の段に並んでいます。必要なものを、好きに選んで持っていって構いませんよ」

「ありがとうございます、イアン様。お借りできると助かります」

　フィリアが微笑むと、イアンも彼女に笑みを返した。

「少なくとも、メイナード様のお身体に回復の兆候が見られたというのは素晴らしいことですね。……何か、メイナード様にフィリアの魔法をかけたのですか？」

　彼の言葉にこくりと頷くと、フィリアは続けた。

「私がメイナード様にかけたのは、回復魔法です。お身体が弱っていらっしゃるご様子でしたので。ただ、私の魔力はごく弱いので、どの程度お役に立てたのかはわかりませんが」

「そうでしたか。それから、他に何か気付いたことはありましたか？　メイナード様に関することでも、古い文献から読み取れたことでも、何でも構いませんが」

「そうですね……」

フィリアは、ふとルディの言葉を思い出していた。

「私ではなく、これはメイナード様の弟が気付いたことなのですが。……単なる物語に過ぎないのかもしれませんが、イアン様が貸してくださった本の挿絵を見ながら、彼が言っていたのです。呪いを解く鍵として古い本に記されていたのは、誰もが知る御伽噺と同じように、真実の愛や口付けのようだったと」

「ほう。それはなかなか面白い発見ですね」

イアンは楽しげに口角を上げた。

「子供の目は純粋ですね。大人なら、どうせ作り話だろうと見逃してしまうようなところまで拾い上げるのですから」

「そうですね。竜の呪いを解くためには、魔法などの要素も必要になるように思われますが、興味深いと思いました」

「……私は、貴女の義弟が気付いたことは、ある意味で正しいのではないかと思いますよ。少なくとも、フィリア、貴女の呪いは解けたように見えますから」

「私の、呪いですか？」

驚いたように瞬いたフィリアに、イアンは頷いた。

「ええ、そうです」

イアンはじっとフィリアを見つめた。

「貴女は聡明で心根の優しい努力家なのに、いつもその瞳を隠して、所在なさげに俯いていましたね。貴女はもっと自信を持って輝けるはずなのに、私には、まるで自分で自分に呪いをかけてしまっているように見えていました」

(私が私に、呪いを……?)

フィリアは、家でも存在を顧みられることなく、蔑まれながら息を潜めるように過ごしてきた、今までの長い時間を思い出していた。

聖女の姉しか見ようとしない両親と、出来損ないだと妹の自分を見下し毛嫌いしていた姉。その間で、できる限り自分の存在が邪魔にならないように、目立たないようにと、気味悪がられるオッドアイを隠しながら密やかに生活していた時間は、自分を受け入れることすらも難しい、息苦しく辛いものだった。

彼女を見つめるイアンの瞳に、労わるような優しい色が宿った。

「それも今までの境遇に端を発していたのかもしれませんが、もっと自分を認めて愛せるようになれば、また何かが変わってくるのではないかと、私はずっとそう思っていたのです。余計なお世話かもしれませんがね」

イアンは彼女に微笑み掛けた。

「貴女も知っての通り、心の持ちようによって呪いの進行が変わってくるのと同様に、心の在り方は魔力などの力にも影響を与えますから。……今の貴女は、変わりましたね」

フィリアは、はっとしてイアンを見つめ返した。

彼女がメイナードの側で過ごすようになってからというもの、彼から認められ、温かな愛情を溢れんばかりに注がれて、いつの間にか、自分のことが嫌ではなくなり、顔を上げて前を向くことができるようになっていたことに気付いたのだった。

(私の方が、メイナード様に救われていたのだわ)

イアンは、ほんのりと頬を染めたフィリアの左手薬指に輝く金の指輪を見つめてから、彼女の顔に視線を戻して朗らかに笑った。

「申し遅れましたが、メイナード様とのご結婚、おめでとうございます。以前は控えめに伏せられていた貴女の瞳は、今は強さを秘めた輝きを放っていますよ。きっと、メイナード様に大切に愛されているのでしょうね」

「はい。……ありがとうございます、イアン様」

「まあ、姫の呪いは、愛のある王子の口付けで解けると、そう相場が決まっていますから。今度は、貴女がメイナード様の呪いを解く番ですね」

フィリアに向かって小さなウインクを飛ばしたイアンに、彼女は力強く頷いた。

「はい、イアン様」

「きっと貴女にならできますよ、フィリア」

イアンはフィリアに向かって、温かくその瞳を細めた。

第十章　アンジェリカの苛立ち

フィリアは必要な書物を研究室で数冊見繕うと、ちょうど出勤してきた同僚たちとしばらく振りに言葉を交わしてから、イアンの机の前に向かい彼に頭を下げた。

「イアン様、今日はありがとうございました。また何か進展があったらご報告します」

「ええ、待っていますよ、フィリア。良い方向に進むように祈っています。困ったことがあれば、遠慮なく相談してくださいね。私の方でも何かわかったらご連絡します」

「そう言っていただけると、とても心強いです。よろしくお願いします」

ひらひらと手を振るイアンに笑顔で答えてから、フィリアは研究所を後にした。

研究所に来た時と同じく、王宮の中庭を横切って外門の方へと向かおうとしていると、フィリアの目に、ちょうど王宮から出て来た二人の人影が映った。

肩を並べて歩く男女の姿を前にして、フィリアは思わず足を止めた。

（あら？　あの姿は……）

見覚えのある鮮やかな蜂蜜色の髪を靡(なび)かせた女性が、フィリアの存在に気付いて振り返った。

「フィリア？　あなた、どうしてここに？」

フィリアに向かって眉を顰めたアンジェリカは、隣に並ぶ赤銅色の髪をした青年の腕に自らの腕を絡めていた。

青年は、アンジェリカと同じ蜂蜜色の髪をしたフィリアを眺めてから、アンジェリカに視線を戻し

た。

「彼女は、君の妹かい？」

「ええ、ダグラス様」

アンジェリカはフィリアに冷ややかな視線を向けた。

「……私と違って魔力も弱いですし、ご紹介するほどの妹ではありませんけれど」

ダグラスにさらに身体をぴったりと寄せた彼女は、フィリアに向かって口を開いた。

「今日は、ダグラス様との婚約を陛下にご報告しに来たの。忙しい魔物討伐の合間を縫ってね。陛下も、私たちの婚約を喜んでいらっしゃったわ」

「それはおめでとうございます、お姉様、ダグラス様」

満足げに頷いたアンジェリカは、フィリアの左手薬指に嵌められた結婚指輪を眺めて勝ち誇ったように口角を上げた。

「後はメイナード様のお世話をよろしくね、フィリア」

フィリアは思わずぎゅっと拳を握り締めると、真っ直ぐにアンジェリカを見つめた。

「ええ、お姉様。メイナード様は必ず回復なさいます。私はそれまで、何があろうと彼をお支えしますから」

今までは言われるがまま、口答えすることもなくアンジェリカの言葉に俯いていたフィリアが、はっきりとした口調で言い返したことに、彼女は苛立ちを隠せずにいた。

（……なんなのよ、この子。今まで、私に逆らうようなことはなかったのに）

アンジェリカの横から、ダグラスがフィリアに向かって口を開いた。

「君はメイナード様に嫁いだのだったね、結婚おめでとう。彼の具合はどうだい？」

「メイナード様は少しずつ快方に向かっています」

「……何ですって？」

アンジェリカは訝しげな表情でフィリアを見つめた。

「それは、あなたがそう思い込んでいるだけではなくて？　酷い怪我を負って、あれほど気味の悪い呪いにまでかかって、急坂を転げ落ちるように衰弱していっていたのに……」

「けれど、このところは随分顔色もよくなっていらっしゃいますよ」

アンジェリカはフィリアの言葉に不服そうに眉を寄せてから、ダグラスの顔を見上げた。

「……そろそろ行きましょうか、ダグラス様。また次の魔物討伐も控えていますし」

「ああ、わかった」

ダグラスはちらりとフィリアを振り返ったけれど、アンジェリカに腕を引かれながら立ち去って行った。

背を向けて去って行く二人の後ろ姿を、フィリアは静かに見送った。

＊＊＊

ダグラスと並んで歩きながら、アンジェリカは今しがた別れたばかりのフィリアのことを思い返していた。

(どうしたっていうのかしら。フィリアはなぜ、あれほど瞳の輝きが強くなったの？)

アンジェリカは、纏う雰囲気が変わったフィリアの姿に、胸の中をもやもやとしたものが揺蕩うのを感じていた。

(いつも目障りだったあの子をメイナード様の元にやってしまえば、もう顔を見ることもなくなるだろうと、そう思っていたのに)

メイナードの首元に現れていた禍々しい呪詛を思い出すだけで、アンジェリカは背筋がぞわりと粟立つようだった。

獰猛に牙を剝いてくるような激しさを感じる強い呪いに、アンジェリカは自分の力では太刀打ちできないと悟ると、厄介払いも兼ねて、フィリアを自分の身代わりにメイナードの元へ送ろうと決めたのだ。

メイナードに掛けられた竜の呪いは、まるで彼の首元に爪を立てて巣食いながら、彼の力を搾り取った後は、自分にまで狙いを定めて襲ってくるのではないかと思われるほどに、得体の知れない恐ろしさがあった。

メイナードに嫁がせたフィリアの魔力は、アンジェリカの足元にも及ばない。

呪いに蝕まれたメイナードのいる家から、フィリアは生きて戻ってはこないのではないかと、アンジェリカはそう予想していたのだ。

幼い頃から今に至るまで、アンジェリカはフィリアをあからさまに疎んじてきた。

それは、家族や周囲の人々が考えているように、フィリアの外見や、魔力が弱いと判明したことも理由には数えられたけれど、それだけではなかった。

アンジェリカは、フィリアの不思議な能力を昔から警戒していたのだ。

人目を惹く美貌と、突出した魔力を兼ね備えたアンジェリカは、世間一般で評価の対象となる、目に見えて測れるものは誰より備えていると自負していた。

けれど、フィリアには幼少期から、アンジェリカが窺い知ることのできない、一風変わった勘の鋭さがあった。

アーチヴァル伯爵家において、夫人である母の宝石が盗まれたことがあった。その際、濡れ衣を着せられていた使用人に代わって、真犯人であったメイドと宝石の在処を見付けたのがフィリアだった。たまたま犯行の現場を見ていたのだろうと、家の皆はそう思っていたようだったけれど、アンジェリカはそうは思わなかった。

遠縁の親戚から突然届いた来訪を告げる旨の手紙を目にして、その目的が金の無心にあることをなぜかフィリアが見抜いた時にも、アンジェリカは不気味な思いでフィリアのことを眺めていた。

(この子の目には、いったい何が見えているのかしら)

フィリアが珍しいオッドアイで何かを見つめる度、アンジェリカには、誰もが目にしている人や物の先にある何かまでもが、フィリアの瞳には映っているような気がしていた。

けれど、フィリア自身には、特にそのような自覚はないようだったし、家族の誰も、彼女の変わった才能に気付いている様子はなさそうだった。フィリアは頭の回転は速かったから、鋭く察しが良いのだろうと片付けられていたのだ。

アンジェリカは、聖女と呼ばれるほどの魔力を誇り、高度な回復系の魔法を難なく使いこなす自分と、魔力が弱く魔術師を目指すことすらできなかった妹のフィリアとでは比べるべくもないと自信を持っていたし、周囲もそう思っていることは明らかだった。

けれど、過去の聖女のうち、歴史に名を残す偉大な聖女には、いわゆる通常の魔法とは一括りにできない異能を授かっていた者もいた。アンジェリカは、フィリアの不思議な才能は、本来自分が授かるべき能力だったのではないかと、そうすれば自分の聖女の地位はさらに不動のものになっていたのではないかと、そんな嫉みも密かに抱いていた。

誰よりも自らを愛するアンジェリカは、フィリアの力をどこか本能的に危惧していた。

――この子の存在に、いつか私は足を掬われるかもしれない。

フィリアに注目が集まらないように、光が当たらないように、アンジェリカは家の中でも外でも、あえてフィリアを軽んじた。

そして、自分の代わりに呪われたメイナードに嫁ぎ、彼と運命を共にしてくれるなら、一石二鳥のようにアンジェリカには思われたのだ。

たとえ小さな障害であっても、自分にとって邪魔になる可能性のあるものは、少し残らず排除しておきたいと彼女は考えていた。

「あの子もすぐに、メイナード様の道連れになると思ったのに……」

アンジェリカは、知らず知らず小さな声でそう呟いていた。

無意識のうちに険しい表情をしていたアンジェリカに、ダグラスが眉を顰めた。

「何か言ったか、アンジェリカ?」

ダグラスの声にはっと我に返ったアンジェリカは、首を横に振ると彼に微笑みかけた。

「いえ、特には」

ダグラスは思案げにアンジェリカに尋ねた。

「……さっき、君の妹が言っていた話だが。アンジェリカは、メイナード様は助かると思うかい?」

「いいえ」

アンジェリカは淡々と答えた。

「難しいと思いますわ。妹が言っていたのは、単なる強がりでしょう」

「まあ、そうだろうな。聖女の君にすら解けなかった竜の呪いが、彼女に解けるはずもないだろうしな」

「……ええ、そうですわね」

アンジェリカは小さく唇を噛んだ。自分に解けない呪いがあったということが、彼女のプライドを酷く傷付けていた。

(あれは私の人生の汚点だわ。それに……)

メイナードが快方に向かっているというフィリアの知らせに、アンジェリカは自らの言葉とは裏腹に、胸の奥から湧き上がってくるような不安を感じていた。

(あの子は、嘘を吐けるほど器用じゃない。もしも、メイナード様が確かに快方に向かっていて、フィリアが本当にメイナード様の呪いを解いたとしたら……）

仮にそんなことが起きたなら、聖女と呼ばれるアンジェリカの名声が失墜するのは明らかなように、彼女には思えた。

ダグラスは、アンジェリカが微かに眉を寄せたことには気付かぬままに続けた。

「これから向かう、あの竜が眠る森の魔物討伐だが。今まで、竜以外にはたいした魔物は出ていなかったあの森で、それらの変種のような、非常に凶暴化した魔物たちが多く見られているそうだな。面倒だが、瘴気も森の中に充満していると聞いている」

「私の防御魔法で、瘴気は防げますわ。ダグラス様をはじめとして、魔物討伐に向かう隊の皆に防御魔法をかけますから、その点はご安心を」

「ああ、助かるよ。あの竜の様子も確認する必要があるな」

「ええ、そうですわね」

アンジェリカの頭の中を、輝きを増したフィリアの意志の強い瞳がふとよぎった。

（もし、万が一にも、フィリアがメイナード様の呪いを解くことができたなら。その時、あの竜はどうなるのかしら？　あのまま死んでしまうのかしら、それとも……？）

竜の様子を注意深く観察しようと改めて思ったアンジェリカに、ダグラスは溜息交じりに言った。

「メイナード様も、災難だったな。竜の呪いか……。もう魔物と戦うどころか、あとどれほど命が持つかもわからないと君は言っていたね」

「今から思えば、触らぬ神に祟りなし、だったのかもしれませんわね。下手に竜に手を出していなければ、あんな瘴気だって湧き出してはいなかったかもしれませんし」

自らもメイナードと一緒に竜と戦ったはずのアンジェリカからの辛辣な言葉に、さすがにダグラスも苦笑した。

「……まあ、とにかくあの森に行って状況を確認しよう。君の力を頼りにしているよ」

「ええ、お任せください」

アンジェリカはふっと口角を上げると、ダグラスに絡めた腕に力を込めた。

第十一章　プレゼント

「ただいま戻りました」

　メイナードの部屋のドアを開けたフィリアの目に、瞳を輝かせたルディと、優しい微笑みを浮かべてベッドの上で上半身を起こしているメイナードの姿が映った。

「お帰りなさい！」

「フィリア、お帰り」

　嬉しそうにフィリアを迎えた二人に彼女が笑みを返すと、ルディはメイナードとフィリアを交互に見つめてから、座っていた椅子からぴょんと飛び降りた。

「じゃあ、僕はそろそろ部屋に戻るね」

「おや。せっかくフィリアが帰ってきたというのに、いいのかい？」

　瞳を瞬いたメイナードに向かって、ルディはこくりと頷いた。

「うん！　だって、兄さんたちの邪魔をしたくはないもの」

　ルディはフィリアに視線を移すと、楽しげに口を開いた。

「兄さん、フィリア義姉さんが出かけてから、なんだかずっとそわそわしていたんだよ。フィリア義姉さんが帰って来たら、途端に表情も明るくなったし。だからさ、しばらく二人でゆっくり過ごしてねー」

　にっこりと笑って二人に手を振ったルディは、足取りも軽くメイナードの部屋を出ていった。

パタンとドアの閉まる音を聞いて、メイナードとフィリアは思わず顔を見合わせた。

「……随分とませているんですね、ルディは」

「ああ、そうだね。彼なりに気を遣ってくれたのだろうな」

ルディの言葉に軽く頬を染めていたメイナードは、フィリアを見つめた。

「だが、確かにルディの言う通りかもしれない。フィリアが研究所に出かけてから、なんだか急に家の中が寂しくなって、落ち着かない心地でいたんだ。君には、周囲を明るく、温かくする力があるみたいだね」

安堵の表情を浮かべて、嬉しそうに、そして愛しげにフィリアに笑いかけるメイナードの姿に、フィリアもふわりと頬に血を上らせた。

「ふふ。私も、メイナード様のお側に帰れることに幸せを感じながら、帰りの馬車に乗っていたのですよ」

「本当かい？　それは嬉しいな」

メイナードは笑みを深めると、フィリアをじっと見つめた。

「フィリア、もう少し側に来てもらっても？」

「？　はい、わかりました」

メイナードのすぐ隣まで近付いたフィリアに、彼は両腕を回すと優しく抱き締めた。

「あの、メイナード、様……？」

「君が確かにここにいるということを、確かめさせてほしかったんだ」

メイナードの両腕に、少し力が籠った。彼の言葉に、フィリアはさらに頬に熱が集まるのを感じていた。メイナードの背中にそろそろと手を回して、フィリアも彼を抱き締め返す。

「私の居場所は、メイナード様のお側だけですから」

フィリアが家を空けたのは、メイナードの元に嫁いできてからこれが初めてだったということに、改めて彼女は思い至っていた。彼の温かな腕に包まれながら、フィリアは胸が締め付けられるような思いを感じていた。

(強力な呪いに力を奪われながら過ごすということ自体が、想像以上に孤独を感じるものなのかもしれないわ。どうしたら、私の気持ちをもっとメイナード様に伝えられるかしら……)

フィリアはしばらくメイナードを抱き締めた後、腕の力を緩めて彼の顔を覗き込んだ。彼のアメジストのような澄んだ瞳には、どこか切なげな色が宿っていた。

フィリアは少し逡巡してから、決心したように彼の顔にゆっくりと唇を近付けると、その頬にそっと優しく口付けた。

彼女の柔らかな唇を頬に感じたメイナードの瞳が、みるみるうちに驚きに見開かれる。

「君から口付けてくれたのは、初めてだね」

フィリアの顔は、この上ないほどに真っ赤に染まっていた。

「はしたないと思われたなら、すみません。私の気持ちを、どうしてもメイナード様にお伝えしたくて……」

「凄く嬉しいよ、フィリア」

メイナードは、両手で優しくフィリアの顔を包み込むと、今度は彼の方から彼女の唇にゆっくりと口付けた。彼からの長いキスに、フィリアの唇からは、堪え切れなくなったように途中で小さな吐息が漏れる。

息も絶え絶えといった様子で胸を跳ねさせていたフィリアを、再びメイナードの腕が温かく包んだ。

「言葉で伝え切れるかはわからないが、愛しているよ、フィリア」

「わ、私もです。メイナード様」

メイナードの眩しいほどの笑顔に、フィリアは眩暈を覚えていた。彼は足元をふらつかせたフィリアを抱き留めるように手を差し伸べると、彼女をそのままベッドサイドに腰かけさせた。

「久し振りの研究所はどうだったかい？」

フィリアは頰を染めたまま、呼吸をどうにか整えながら答えた。

「イアン様にも色々とお話を伺えましたし、調べたいと思っていたメイナード様の呪詛について、役に立ちそうな数冊の本も新しく借りられました。……あの、お首の様子をまた見せていただいても？」

「ああ、もちろん構わないよ」

フィリアはメイナードの首元を覗き込むように顔を近付けた。呪いの紋が伸びている様子がないことにほっと胸を撫で下ろしてから、フィリアは彼に向かって微笑んだ。

「症状が落ち着いていらっしゃるようで、安心しました」

フィリアはそのまま、メイナードに向かって手を翳した。回復魔法の淡い光がメイナードを包み込むと、彼は感謝を込めた眼差しでフィリアを見つめた。

「フィリア。君の魔法は、日に日に温かさが増していっているような気がするんだ」

フィリアはイアンの言葉を思い出しながら、はにかむようにくすりと笑みを零した。

「そうだとしたなら、それはメイナード様のおかげです。毎日、これほどに私のことを大切にしてくださるのですもの。ありがとうございます、メイナード様」

愛する人からこの上ないほどの愛情を注がれ、日々必要とされていることで、フィリアは身体の内側から力が湧いてくるような気がしていた。

メイナードはにっこりとフィリアに笑いかけた。

「お礼を言いたいのは僕の方だよ、フィリア。……気持ちばかりだが、君に渡したいものがあるんだ」

「渡したいもの、ですか？」

「ああ」

メイナードは、ポケットの中から小さな箱を取り出すと、蓋を開けて手に取ったものを、フィリアの前髪を持ち上げるようにして丁寧な手付きで飾った。

急に視界が開けて、フィリアは驚いたように目を瞬いた。

「あの、これは……？」

「そこの鏡を見てごらん」

フィリアは頷いてベッドから腰を上げると、数歩先の壁際に掛かっている鏡を覗き込んだ。鏡の奥に映った自分の髪を飾っているものを見て、彼女は思わずほうっと息を吐いた。

「わあ、素敵……」

フィリアの蜂蜜色の前髪をサイドで留めていたのは、美しい金の髪留めだった。髪留めにあしらわれた、繊細に重なり合う金の花弁の中からは、やや青味がかった美しいエメラルドが覗いている。

うっとりと瞳を細めているフィリアに向かって、メイナードは楽しげに微笑みかけた。

「君が気に入ってくれたなら嬉しいよ」

「ええ、とっても！　……こんなに美しい髪留めをいただいてしまって、よろしいのですか？」

「ああ、もちろん。サムに頼んで、君のためにと特注で作らせていたものなんだ。ちょうど、君が戻る直前に届いたんだよ」

宝飾品としての価値の高さが一目で窺える髪留めに、フィリアはそっと触れた。

「これほど素晴らしいものを私のために誂えてくださったなんて、本当にありがとうございます。このエメラルドも、深い輝きがとても綺麗ですね。ずっと大切にします」

フィリアは、美しい髪留めそれ自体よりも、何よりそこに込められたメイナードの気持ちがとても嬉しかった。

メイナードも、フィリアの嬉しそうな様子を見つめて柔らかく笑った。

「君がそれを使ってくれたら、君の美しい瞳が、僕にもよく見えるようになるからね」

（そう言えば……）

彼女の瞳をメイナードが褒めてくれてからも、フィリアは気恥ずかしさに負けるようにして、つい長めの前髪をそのままにしていたことを思い出した。

「その髪留めにあしらわれているエメラルドより、君の瞳の方がずっと綺麗だよ」

「……ありがとうございます、メイナード様」

愛おしそうにフィリアを見つめたメイナードを、彼女もほんのりと頬を染めて見つめ返した。フィリアの胸も、メイナードへの愛しさではちきれてしまいそうだった。

メイナードのベッドサイドに再び腰を下ろした彼女は、彼の温かな腕にもう一度包まれてから、彼の首の辺りから何かを感じて目を瞬いた。

(……あら?)

フィリアはメイナードの腕の中から、彼の首元をじっと見つめた。

メイナードがフィリアの視線に気付いて口を開いた。

「どうしたんだい、フィリア?」

「今、何か……」

フィリアは小首を傾げて、彼の首に浮かび上がっている呪詛に改めて目を凝らした。彼の喉元を覗き込んだ彼女の目には、初めて見た時と比べて随分と色が薄くなってきた呪詛が並ぶ様子が映っていた。その中でも、彼の首に後から浮き出て来た、そこだけ趣の異なる文字のところに、揺らめく光のような不思議な色が重なって見えた。

(これは……?)

他の呪いの紋から感じられる、濁ったような禍々しさからは一線を画す、仄かに揺れる澄んだ光を纏った紋様は、フィリアに何かを訴えかけているようだった。

フィリアは瞬きも忘れて、その微かな光に見入っていた。

今までにも、フィリアは古い文献を読んでいる時など、文献の方から彼女に文字以上の情報を伝えてくるような感覚を覚えることがあり、その勘は実際に仕事で役立っていた。

メイナードの首に浮き出て来た文字から感じられたのは、これまでに経験したそのような感覚のどれよりも切実に訴えかけてくるようなものだった。

（まるで、必死に助けを求めているような……？）

呪いをかけられた側が助けを求めるのなら合点がいくとしても、呪いの紋に混じってそのような訴えを感じたことに、フィリアは戸惑いを覚えていた。

集中を解くように小さく息を吐いてから、フィリアはメイナードの顔を見上げた。その時、彼の瞳がじっとフィリアを見つめていたことに気が付いて、頬がまた仄かに熱を帯びた。

「メイナード様？」

彼はフィリアの左目を覗き込むようにしていた。

「今、君の左目が確かに光を帯びて輝いていたんだ」

「私の左目が……？」

メイナードは頷くと、フィリアの滑らかな髪を優しく撫でた。

「君の瞳には何が映っているのだろうと、そう思って君を見ていたんだ。……ねえ、フィリア。君の目は、僕には見えない何かまでも見通しているような気がするよ」

「そうでしょうか？　……今、メイナード様の呪詛の一部に、重なるようにして不思議な光が見えたような気がしたのですが、でも……」

困惑気味に瞳を揺らすフィリアの言葉に、メイナードは静かに耳を傾けていた。いったん口を噤んだ彼女に、彼は優しく微笑んだ。

「君が見たことや感じたことを、そのまま教えてほしい。僕には、君のその感覚は正しいように思えるんだ」

フィリアはこくりと頷くと続けた。

「メイナード様の首に浮かぶ呪詛の中に混ざっている、前にメイナード様に回復魔法をかけた時に浮き出てきた、他の呪いの文字とは趣の異なる文字ですが。イアン様に伺ったところ、これはどうやら、昔の神官が使っていた聖なる言葉のようでした」

「ほう。聖なる言葉、か」

「今、この文字に重なるようにして、微かな光が見えたような気がしたのです。それはまるで、私に向かって訴えているようでした。……消え入りそうになりながらも、『助けてほしい』と」

興味深そうにフィリアの話に聞き入っているメイナードを、彼女は見つめた。

「この呪詛には、邪悪なものの中に、ほんの少しだけ別の何かが混ざっているような気がするのです。……でも、おかしいですよね？　メイナード様から力を奪っている呪いの中から、助けを求める訴えを感じたような気がするなんて」

メイナードは首を横に振った。

「いや、君の感じたことは間違ってはいないと思う。僕も、君が僕の側に来てくれてから、この呪詛の内側から抗うような、弱々しいが不思議な力のようなものを感じることがあった。君に見えたのは、きっとそれではないかな」

　フィリアは彼の言葉を聞いて、驚きに目を見開いた。

「メイナード様も、そのようなものを感じていらしたのですか？」

「ああ。はじめは気のせいかとも思ったのだがね」

　メイナードは、自らの首に触れると続けた。

「君が僕に回復魔法をかけてくれてから、君の言うように、この呪詛の内側にある別の何かが動き出したような気がしていた。まだ弱いものではあるが、君と過ごすうちに少しずつ息を吹き返してきているような、そんな感覚があるんだ。呪詛の成長が止まって、色が薄くなり出したのも時を同じくしていたしね」

「そうだったのですね」

　フィリアは改めてメイナードの顔を見上げた。まだ呪いに力を奪われ続けているとはいえ、彼の体調は日を追う毎に改善しているようで、やつれ果てていた彼の顔にも、かつての美しさが戻りつつあった。

「この、聖なる紋とでも呼べるようなものが何を意味するのか、それを確かめるための資料を研究所から借りてきましたので、これから調べてみますね」

　呪いを解くことに繋がる糸口が見えてきたような気がして、フィリアの瞳は期待と希望に輝いていた。

「ありがとう、フィリア」

メイナードは見惚れるほど美しい笑みを浮かべると、フィリアの左目と右目のそれぞれに、瞼の上から優しくキスを落とした。

「……！」

「君の瞳は、やっぱりとても綺麗だね。左目も右目も、まるで宝石のようだ」

不意打ちのような彼の口付けにフィリアが真っ赤になって固まっていると、彼は温かく笑った。

「もし僕の気持ちが君の目に見えたなら、いったいどんなふうに見えるんだろうね？　……どうしたら君への愛しさが伝わるだろうかと、言葉では表し切れずにもどかしく感じる時があるんだ」

フィリアは、彼女を見つめる愛しげな彼の視線にくらくらとしながら口を開いた。

「私にも、それはさすがに見えませんけれど……。でも、メイナード様からは、澄み切っていて清らかな、それでいて温かなものを感じます。それに、メイナード様が私をとても大切にしてくださっていることは、十分過ぎるくらいに伝わっていますよ？」

メイナードはフィリアの言葉にくすりと笑った。

「僕の気持ちが君に伝わっていたなら嬉しいよ」

フィリアを再び優しく腕に抱き締めたメイナードの声の甘い響きに、彼女は蕩けそうになりながら頷いた。

第十二章　不思議な夢

その晩、フィリアは自室に戻ってからも、研究所から借りてきた本のページを捲り続けていた。

メイナードの部屋でもずっと古い資料を調べてはいたけれど、彼の首元に浮かぶ、探している文字の綴りに該当する言葉には辿り着けてはいなかったからだ。

メイナードの体調は次第に良くなっている様子ではあったけれど、イアンに聞いた言葉がどうしても耳に残っていた。

『あの呪詛は、呪いを受けた者から生命力を吸い取る』

(……万が一のことが、決して起きないようにしないと)

フィリアは一刻も早く完全にメイナードの呪いを解きたい一心で、ひたすらに古い書物と向き合っていた。

イアンから聞いた通り、メイナードの首元に呪詛に混ざって浮かび上がった文字は、神に祈りを捧げる際に、かつての神官が使っていた文字に特徴がとてもよく似ていた。

借りてきた文献に答えが見付かるようにと、そう祈るような思いで調べていたフィリアだったけれど、疲労から次第に瞼が重くなってきていた。

気持ちを入れ替えるように首を振って伸びをしたフィリアは、そっと自室を出て、廊下から二つ先のメイナードの部屋のドアを眺めた。

(メイナード様は、もう休んでいらっしゃるのかしら……?)

ふとした瞬間に、彼の顔が見たい、彼に会いたいと思ってしまうのは、フィリアも同じだった。

夕刻まで一緒にいたのに、もう寂しく思うなんてと、ふっと小さく笑みを零したフィリアが自室に戻ろうとしていると、メイナードの部屋の辺りから突然ガタンと大きな音が聞こえた。

「……！　何が起きたの⁉」

フィリアの顔がすうっと青ざめた。慌ててメイナードの部屋のドアを開けると、ベッドの外に出て床に膝を突いている彼の姿が目に映った。彼のすぐ側には、松葉杖が倒れている。

「メイナード様、大丈夫ですか？　お怪我は？」

急いでメイナードに駆け寄ったフィリアを、彼は見上げた。

「ありがとう、フィリア。すまない、心配をかけてしまって」

やや苦笑しながら、メイナードは脇に倒れている松葉杖に視線を移した。

「身体がかなり回復している感覚があったから、久し振りに歩く練習をしていたのだが、途中でバランスを崩してしまってね」

フィリアは彼を助け起こしてから、手を貸して近くのソファーに座らせると、驚いたように目を瞬いた。

「メイナード様、ご自分の足で歩けるようになったのですか……？」

「ああ、まだ杖を使いながらだし、歩けた距離もごくわずかだがね」

「凄いですね、メイナード様……！」

フィリアは嬉しそうに瞳を輝かせると、思わずメイナードの身体を両腕でぎゅっと抱き締めた。

びっくりした様子で目を瞠ったメイナードを見て、フィリアは我に返るとぱっと彼から手を放した。

「す、すみません！　つい……」

かあっと頬を染めたフィリアは、メイナードを見つめてはにかみながらもにっこりと笑った。

「少しずつでもご自分の足で歩けるほどに回復なさったなんて、素晴らしいですね」

「ああ、自分でも信じられないよ。ほんの少し前までは、ベッドの上で上半身を起こすことさえ、自分だけの力では難しかったからね。それに、呪いの他に残っていた傷も、君の回復魔法ですっかり癒えたんだ」

メイナードは彼女の瞳を覗き込むようにじっと見つめると、優しく微笑んだ。

「すべて君のおかげだよ、フィリア」

今度は彼からフィリアの身体に柔らかく腕が回された。頬にさらに血が上るのを感じながら、フィリアはメイナードの腕の中から彼を見上げた。

「歩く練習をなさるのなら、声をかけてくだされば、いつでもお手伝いしましたのに」

「そこまで君に負担をかけてしまうのは、申し訳なく思ってね」

やや眉を下げたメイナードに、フィリアはくすりと笑った。

「私はもう、メイナード様の妻ですよ？　お支えするのは当然ですし、遠慮はなさらないでください。それに、私も頼っていただけた方が嬉しいですから」

「ああもう、君という人は……」

メイナードは、愛しくてたまらないといった様子でフィリアの額に唇を落とすと、微笑みながら彼女を見つめた。

「それなら、君の言葉に甘えさせてもらおうかな。もう少し練習したいと思っていたんだ」

「はい、喜んで！」

ぱっと花のように明るい笑みを浮かべたフィリアを見つめて、メイナードの頬も染まっていた。

松葉杖の代わりにフィリアが横から彼に手を貸して、二人は部屋を横切る練習を何度も繰り返した。

寝たきりの状態が長かったためか、足の筋力も落ちていた様子のメイナードではあったけれど、数往復すると、すぐに感覚を取り戻したようだった。

はじめはフィリアに体重を預けるように歩いていたけれど、幾度か試すうちに、次第に自分だけでバランスを取って歩けるようになっていく。

（さすがは、英雄と呼ばれたメイナード様だわ。きっと身体感覚が抜群に優れていらっしゃるのね）

感嘆の思いを込めて彼の隣に並んでいたフィリアは、部屋を横切る回数が増えるごとに、彼から預けられる重みが減っていくのを感じていた。

とうとう、メイナードがほぼフィリアの力を借りずに部屋を横切ることに成功すると、二人は目と目を見交わしてにっこりと笑い合った。

「おめでとうございます、メイナード様！　今、もうほとんどご自分の力だけで歩いていらっしゃいましたね」

「フィリア、ありがとう。君が僕の練習に手を貸してくれたからだよ」

「いいえ、私はたいしたことはしていませんが。でも、本当によかった……」

メイナードの回復を確かに感じて、フィリアは胸がじわりと温まるのを感じていた。

「ルディもサムも、大喜びするでしょうね」

「ああ、きっとそうだろうな」

しみじみと感慨深げにそう答えたメイナードに、フィリアはふわりと微笑みかけた。

「こんなに遅くまで練習なさって、お疲れでしょう。……そろそろお休みになりませんか？」

「ああ、そうするよ。本当に感謝しているよ、フィリア」

フィリアは、メイナードの身体に軽く手を添えるようにして一緒にベッド際まで行くと、ベッドに身体を沈めようとしていたメイナードを温かな瞳で見つめた。

「どうぞ、ごゆっくりお休みくださいね。よい夢が見られますように」

「ねえ、フィリア」

メイナードはベッドの上からフィリアの手を取ると、彼女の顔を見上げた。

「今夜は、このまま僕の側にいてくれないか？」

彼の宝石のように澄んだ瞳には、切なげな色と仄かな熱が宿っていた。

彼の美しい瞳に思わず息を呑んだフィリアは、頬に熱が集まるのを感じながら小さく頷いた。

「……はい、メイナード様」

メイナードから伸ばされた両腕に抱き留められるようにして、フィリアは彼の隣に身体を横たえた。

ふっと微笑みを浮かべたメイナードの唇が、優しくフィリアの唇に重ねられる。蕩けそうなほど甘い口付けにふわふわとしていたフィリアを、嬉しそうに笑った彼はそのまま柔らかく抱き締めた。

「君は、いつも僕に希望の光を見せてくれる。君が腕の中にいたら、良い夢が見られそうだよ。……おやすみ、フィリア」

「……おやすみなさい、メイナード様」

美しい彼の顔をすぐ近くに感じながら、フィリアは胸が甘く跳ねるのを感じていた。

彼が瞳を閉じたのを感じながらも、フィリアは高鳴りの収まらない胸を抱えていた。そっと身体をメイナードに預けながら、彼女は惚けた頭で考えていた。

(私、このままちゃんと眠れるかしら……)

けれど、このところ毎日のように深夜まで古い文献を調べていたために、知らず知らずのうちに疲れ切っていた彼女は、彼の温かな体温に誘われるようにして、とろとろと眠りの中へと落ちていった。

＊＊＊

フィリアはその夜、不思議な夢を見た。

彼女の目の前には、闇の中を白銀に輝く美しい竜が揺蕩っていた。けれど、透き通るようなその竜には、そのまま周囲に溶け込むようにして消えてしまいそうな儚さも感じられた。

彼女を見つめる竜の金色の瞳に映る色がどこか悲しげで、助けを求めているようで、フィリアは竜に向かってそろそろと手を伸ばした。

その時、白銀の竜に纏わりつくように、漆黒の竜が影のように現れてその周囲を舞った。フィリアの伸ばしかけた手が、びくりと止まる。

白銀の竜とは正反対の、邪悪さが感じられる黒々とした竜から必死に身を躱しながら、白銀の竜は、その輝く瞳でフィリアのことをじっと見つめていた。

まるでそのまま手を伸ばして触れて欲しいと言っているような、そんな竜の切実さの籠もった瞳から、フィリアは目を離すことができなかった。

(この竜は、いったい……?)

止まりかけた手を再び伸ばそうとしたところで、はっと目覚めたフィリアの全身は、じんわりと汗ばんでいた。

まだ時刻は明け方のようで、窓の外は仄暗かった。メイナードの穏やかな寝息がすぐ側から聞こえ、ほっと安心したけれど、驚くほどの鮮明な夢に、まだ心臓が早鐘のように打っていた。

(変わった夢だったわ。あんな夢、初めて見た……)

メイナードの腕の中から彼の顔を見上げようとしたフィリアの瞳は、その首元で揺らめく白い光を捉えた。昨日よりも輝きを増したように見える光に、じっと目を凝らす。

呪詛に混じる聖なる文字からすうっと浮き上がってきた淡く白い光が、夢の中で見たのと同じ竜の姿を次第に形作っていくのを、フィリアは信じられないような思いで見つめていた。

(私、まだ夢を見ているのかしら……)

夢現のまま、フィリアは二人の頭上に浮かび上がった幻のように美しい白銀の竜を眺めていた。

だんだんと空が白み、朝陽が部屋に差し始めると、光に溶けるようにして竜はその姿を消してしまった。

まだぼんやりとした頭で、竜が姿を消した辺りを見上げていたフィリアの耳に、澄んだ低い声が心地よく響いた。

「フィリア、おはよう」

優しい笑顔でメイナードに見つめられ、フィリアははにかみながら笑みを返した。

「おはようございます、メイナード様」

「早くから目が覚めていたようだね？」

「はい。実は、今……」

フィリアは、見たばかりの不思議な夢と、現実に姿を見せたように感じられた淡く光る白い竜のことをメイナードに伝えた。メイナードは頷きながら、静かにフィリアの話に耳を傾けていた。

「……不思議なこともあるものだね。僕の夢の中にも、フィリアが見たのと同じような白銀に輝く竜が出てきたんだ。それに、その竜を呑み込もうとしているような漆黒の竜も。偶然にしては出来過ぎているような気がする。何か意味があるのかな……」

思案気に瞳を瞬いたフィリアは、どことなく虫の知らせを感じてメイナードを見つめた。

「あの、部屋から一冊、本を取ってきてもよろしいでしょうか？」

「ああ、もちろんだよ」

フィリアはベッドから滑り出ると、急ぎ足で自室へと戻った。

第十三章　竜の変化

フィリアが夜明け前に幻のような白い竜を目にしたのと時を同じくして、アンジェリカは野営のテントから一人早く起き出していた。

前日の夕刻から魔物討伐のために、竜の眠る森をダグラスたち魔術師団の一行と訪れていたアンジェリカは早朝から不機嫌だった。

（さっさと魔物たちを片付けて帰りたいわ。……野営は嫌いよ）

魔術師団に女性は数少なかったけれど、その中でも聖女のアンジェリカだけは特別扱いをされており、彼女が夜を過ごしたテントも専用に誂えられたものだった。

けれど、それでもアンジェリカは不満そのものといった表情を浮かべていた。

（ダグラス様も、王命とはいえ私との婚約が調ったのだから、もう少し私を気遣ってくださればいいのに。この夜だって、私をテントに一人にしておくなんて……）

アンジェリカにとって、元婚約者だったメイナードは、あまりに清廉過ぎるように思われるところがあった。

常に優しくはあったものの、王命による婚約後も彼からは指一本触れようとはしなかったし、どこか一定の距離を保っているように感じられたからだ。

それに対してダグラスは、アンジェリカがぴったりと身体を寄せて腕を絡めても、美しい彼女の姿に満更ではなさそうな様子に見えたし、一緒に魔物討伐に赴くこの機会に、もっと彼との距離を縮めたいと思っていた。

（以前の、お元気だった時のメイナード様には劣るけれど、ダグラス様も凛々しく美しいお顔立ちをしていらっしゃるし。それに、平民だったメイナード様とは違って、侯爵家の出というのも素晴らしいわ。……まあ、彼が私に夢中になるのも、時間の問題でしょうけれど）

気を取り直したアンジェリカは、自らにかけていた防御魔法を強化してから、そっと一人テントを抜け出した。

森に漂う瘴気は、聞いていたよりも濃くなっていた。空気が重く淀んでいることは、彼女も昨夕に森に一歩足を踏み入れただけですぐにわかった。

アンジェリカはまだ薄暗い周囲を見回した。

（魔術師団が昨日かなり片付けたから、この近くには魔物の気配はなさそうね）

昨日出くわした魔物たちの様子を、彼女は思い返していた。

狂ったように獰猛に牙を剝いてきた魔物たちは、その身体の主な特徴から、恐らくはその森に棲んでいた魔物であろうと思われた。けれど、外皮や顔の一部が変色したり、硬化したりしていて、従前の魔物たちの様子とは随分と趣を異にしていた。

魔物たちの瞳に宿っていた、常軌を逸した狂気を孕(はら)んだ色に、アンジェリカですら背筋が冷える思いがした。森に生息していたただの動物ですら、一部は発狂したようになって強い力で襲いかかってきていた。

（あの魔物や動物たちがもし、この森に漂い始めた瘴気のせいであのように変化したのだとしたら。

このままこの瘴気を放っておいたら、まずいことになりそうだわ……)

アンジェリカの足は、迷いなくある方向に向かっていた。それは、竜が眠るように蹲っている場所だ。

森に来た彼女は、昨日も一番はじめにダグラスと竜の様子を見にきていたけれど、竜は眠ったように目を閉じたまま、一見したところ特に変わった様子はなさそうだった。

ただ、アンジェリカは気になった点があり、どうしてもそれを一人のうちに確認しておきたかったのだ。

竜の側まで来たアンジェリカは、漆黒の鱗で覆われた竜の様子を慎重に眺めると、その感覚を研ぎ澄ませた。

(昨日、確かに感じたのは……)

薄闇に沈むように黒々とした竜からアンジェリカが感じ取ったのは、メイナードの魔力だった。

帯びている魔力が誰のものかを見分けることができる者は、この王国でも片手で数えられるほどしかいない。そして、彼女やダグラスは、その数少ないうちの一人だった。特に、アンジェリカはその感覚に優れていた。

(メイナード様にかけた呪いによって、この竜が彼から力を奪っているというのは、どうやら本当のようね。メイナード様の力を取り込むことで、この竜が目を覚まし、もし瘴気が収まることに繋がるのなら、その方が国にとってはいいのかもしれないわ)

けれど、アンジェリカが最も気になっていたのは、そのことではなかった。

彼女がわざわざ早朝に一人で竜を見に来たのは、竜の内側から、彼女がよく知っている、けれど想像だにしていなかった魔力を感じたような気がしたからだった。

(あれはフィリアの魔力に思えたわ。どうしてあの子の魔力を竜から感じるの？　それに、あの子はほんのちょっぴりの魔力しかないはずなのに)

警戒しながら、彼女はそろそろと竜に近付く。そこで竜の奥深くから感じられたのは、ほんの微かではあったけれど、やはりフィリアの魔力だった。

「……フィリアは魔術師団には所属していないし、これがあの子の魔力だとわかるのは、きっと私だけでしょうけれど。いったい、あの子は何をしているというの？」

怪訝な顔でそう呟いたアンジェリカの目を、仄かな光が捉えた。

「……？」

次第に白み始めていた空から差した光が、竜の鱗に反射したのかとも思ったけれど、目を凝らすと、その光は竜の内側から放たれていた。

よく注意して見なければ見落としてしまいそうな、消え入りそうなほどの弱々しい光ではあったものの、それは確かに竜の中に存在しているのが感じられた。

(竜に何かが起きているのかしら。フィリアは、もしかしたら呪われたメイナード様を通じて、竜に働きかけている……？)

アンジェリカは、薄らとした白い光を見つめながら、どこか胸騒ぎを覚えていた。

(まさか、あの子、本当に竜の呪いを解こうとしているのかしら？　私には見えない何かに勘付いているの？）

フィリアの目には何が映っているのだろうと、彼女はもどかしく思いながら顔を歪めた。

（まだよくはわからないけれど、この竜からは目を離さないでおいた方がよさそうね）

監視用の魔法を竜に掛けたアンジェリカは、明けてきた空を木々の間から見上げながら、急ぎ足で野営のテントへと戻って行った。

＊＊＊

自室に戻ったフィリアが手に取ったのは、まだ詳細には目を通していなかった、研究所から借りてきた中では最も薄い一冊だった。

手にした本のくすんだ臙脂色をした表紙を捲ると、フィリアは小さく呟いた。

「似ているわ……」

そこには、神の御前で跪いて祈る神官の姿が描かれていた。そして、その絵の中で神のすぐ脇に描き出されていたのは、一匹の白銀の竜だった。

研究所で借りる本を見繕う際、ページを捲ろうとしてはじめに目にしたその挿絵を、フィリアは覚えていた。

メイナードの部屋に小走りに戻ったフィリアは、ベッドサイドに腰かけていた彼に向かって、手元の挿絵を差し出した。

「メイナード様、これを」

本の冒頭の挿絵に視線を落とした彼は、静かに目を瞠っていた。

「……さっき夢の中で見た竜に、そっくりだな。君が見たのもこの竜だったのかい？」

「はい、そうです」

フィリアはメイナードと目を見合わせると、微かに震える手でページを捲った。何かが見付かるような予感を覚えたフィリアは、書き記された文字に慎重に目を走らせていった。

ベッドサイドに並んで腰かけながら、フィリアが本のページを一枚一枚捲っていく様子を、メイナードは隣から静かに眺めていた。

しばらくすると、メイナードの部屋のドアがノックされた。ゆっくりと立ち上がったメイナードが歩いていってドアを開けると、その向こう側に明るいサムの顔が覗いた。

「おはようございます、旦那さ……えっ⁉」

サムの瞳は、目の前に立つメイナードを見つめて驚きに見開かれていた。彼の両目には、みるみるうちに溢れんばかりの涙が滲んでいった。

「ご自分の足で、歩けるように……なられたのですか。いつの間に……」

感極まったように声を詰まらせたサムに、メイナードは穏やかに微笑みかけた。

「ああ。まだ以前通りにとはいかないが、昨夜、フィリアに歩く練習に付き合ってもらったおかげだよ」

振り返ったメイナードの視線を追うようにして、サムも感謝を込めた瞳でフィリアを見つめた。

「フィリア様。いつも旦那様を支えてくださって、本当にありがとうございます」

「いえ。メイナード様の努力の結果ですから」

微笑んだフィリアにサムも笑みを返してから、彼は瞳に浮かんでいた涙を手の甲で拭うと二人に向かって尋ねた。

「これから、ルディ様の分も含めて、三人分の朝食をお持ちしてもよろしいですか？」

「ありがとう、サム。よろしく頼むよ」

サムは嬉しそうに頷くと、弾むような足取りでキッチンへと向かっていく。

そんな彼の様子に、メイナードとフィリアは幸せそうに見つめ合うと明るい笑みを浮かべた。

湯気の立つ出来立てのスープとオムレツ、そして焼きたてのパンを載せたトレイを、サムが三人分メイナードの部屋のテーブルまで運んで来た時、ちょうどルディが眠そうに目を擦りながら部屋のドアを開けた。

「兄さん、おはよう。フィリア姉さんとサムも。……あれっ？」

自分の足で立ってテーブル脇の椅子を引くメイナードを見て、ルディの大きな瞳がさらに大きく瞠られた。

「凄い！　……兄さん、歩けるようになったの？」

きらきらとその瞳を輝かせてメイナードの元に駆け寄ったルディに、彼は優しく頷いた。

「ああ、まだほんの少しずつではあるがね。フィリアが助けてくれたおかげだよ」

「フィリア義姉さん……ありがとう!!」

フィリアに駆け寄って勢いよく抱き着いたルディに、彼女は嬉しそうに微笑むと彼の頭を撫でた。

「どういたしまして。ふふ、これもメイナード様が懸命に歩く練習をなさったからですよ」

「うん！　……兄さん、本当に、よかったあ……」

ルディは、今度はメイナードにぎゅっと抱き着くと、堪え切れずにその目からぽろぽろと涙を零した。

「兄さん、もう立ち上がることもできないんじゃないかって、もしそうだったらどうしようって、フィリア義姉さんが来る前には僕、そう思って……」

しゃくり上げながら涙が止まらなくなったルディを、メイナードも柔らかく抱き締め返した。

「ルディ、心配をかけてすまなかったな。不安な思いもたくさんさせてしまったが、今はこうして体調もどんどん上向いているから、安心して欲しい」

「……うん」

こくこくと頷いたルディが、頬に涙を伝わせたまま瞳を細めて笑った。そんな二人の様子を、フィリアとサムも微笑ましげに眺めていた。

「俺も本当に嬉しいです。旦那様がこれほど短期間のうちに、ここまで回復なさるなんて。何だか夢を見ているようです」

「サムにも、ずっと世話になっているからね。色々と迷惑もかけてしまったが、人手も減ったこの屋敷で僕たちを支え続けてくれて、心から感謝しているよ」

笑顔の三人を見つめて、フィリアも胸が温まるのを感じていた。

（メイナード様と、ルディとサムとの絆がこれほど強いのも、彼のお人柄によるものなのでしょうね。後は、完全に彼の呪いを解くことさえできたなら……）

フィリアは、メイナードのベッド脇のテーブルにいったん置いた薄い書物を遠目に眺めた。ちょうど半分まで目を通したその本には、まだフィリアが探す文字の記載は見付かってはいないものの、フィリアには、きっとそこには何かがあるのではないかという、確信に近い期待があった。

（朝食を終えたら、すぐにでも続きを確認したいわ）

明るい希望を胸に感じながら、フィリアはいつも以上に笑顔の増えた朝食の席を楽しんだ。

朝食を食べながら、メイナードとフィリアが見た夢と、早朝にフィリアが経験した不思議な出来事をルディに伝えると、白い竜なんてきっと吉兆だね、フィリア義姉さんなら奇跡を起こしてもおかしくないし、と明るく笑っていた。

和気藹々とした団欒の時間を過ごした後、フィリアはそのままメイナードの部屋のテーブルの上で、早朝に見ていた本を再び開いた。彼女の両側の椅子には、メイナードとルディがそれぞれ座っている。

隣に座るフィリアの開いている本を興味深げに覗き込んだルディは、彼女に尋ねた。

「ねえ、それは何が書いてある本なの？」

フィリアはルディに微笑むと、ページ毎にひとまとまりになっている紋のような文字の羅列と、ページ上部に記された数字を示した。

「この本には、幾種類もの神への祈禱文が、その昔に神官が用いていたという言葉で残されているの。それから、ほら、ここに番号が書いてあるでしょう？」

各ページの上の方に記載された番号を見て、ルディは頷いた。

「うん。……へえ、大昔から今まで、数字はあまり変わっていないんだね」

「ええ、そうね。これらの祈禱文は、今でも用いられている、神への祈りの起源とも言えるものなのよ。祈りの文言の構造自体は、長い時間を経た現代でもほとんど変わっていないと言われているわ。ルディが聞いたことがあるものも、きっとあるのではないかしら」

フィリアは、好奇心に目を輝かせているルディに向かって続けた。

「そして、今も尚、神官たちが使用している聖典に記載されている祈禱文には、大昔から引き継がれた番号がそれぞれ付されているのよ」

「ということは……」

ルディの言葉を、彼と目と目を見交わしたメイナードが継いだ。

「僕の首に現れている文字がその文献の中に見付かれば、現代に受け継がれている聖典の文言と照らし合わせることで、その意味がわかるということかい？」

「はい、その通りです。メイナード様の首に現れた文字と同じ綴りの文節が、この本の中に見付かって欲しいと、そしてどうか呪いを解く手がかりになって欲しいと、そう願っているのですが……」

フィリアは二人に微笑みかけてから、再び本に目を落とした。彼女を囲むメイナードとルディも、彼女と彼女の視線が追う先を真剣な表情で眺めていた。

静かな部屋の中には、フィリアが本のページを捲る音だけが静かに響いていた。

（なかなか、見付からないわね……）

もどかしさを覚えながらも手元の本をじっくりと読み進めていったフィリアの視線が、あるページの半ばでぴたりと止まった。

「あっ」

はっとして小さな声を上げたフィリアのことを、メイナードとルディは揃って見つめた。

「フィリア？」

「見付かったの、フィリア義姉さん？」

フィリアの目を奪ったのは、まるで光を帯びて浮き上がってきたように感じられた、ある祈禱文の一節だった。

「……これだわ」

フィリアが指先でなぞった文字を、メイナードもじっと見つめた。

ルディが、メイナードの首元をしげしげと眺め、フィリアが指差した先に記されている文字と見比べた。

「確かに、全く同じだね」

そう呟いたルディの前で、フィリアももう一度、彼の首元に現れている文字と、開いているページに記載されている文字とを見比べていた。

やはり同じであることを確認した彼女は、そのページ上部にある番号を確かめると、自らの首元にそっと触れたメイナードとルディに向かって口を開いた。

「これは、現代に受け継がれている祈禱文の中でも、よく知られている祈りの一つですね。その内容は、私も記憶しています」

「……兄さんの首に見えるこの模様みたいな文字は、どんな意味になるの？」

興奮を抑え切れない様子で尋ねたルディに、フィリアは答えた。

「今の祈りの言葉に直すと、『汝、我を癒し、我を救わん』です。要するに、癒やしと救いを求める意味の言葉になりますね」

メイナードが、思案げな表情を浮かべているフィリアを見つめた。

「……癒やしと救いを求めている、か。フィリア、君が昨日、僕の首に浮かぶ文字から直接感じ取った、助けてほしいというメッセージと同じようだね。改めて、君の繊細で鋭い感覚は確かに正しいのだと、そう感じたよ」

ルディは、少し困惑したようにメイナードとフィリアを見つめた。

「その救いと癒やしは、フィリア義姉さんが見たっていう白い竜が求めているのかなあ？　それは、どうしたら与えてあげられるんだろうね……？」

「そうですね……」

フィリアも、ルディと全く同じことを頭の中で考えていた。

（イアン様にご相談した方がいいかしら？　場合によっては、癒やしの魔法に優れた聖女であるお姉様にも？　でも……）

早朝に見た、幻のように浮かび上がり、そして朝陽の中を消えていった、どこか切羽詰まった様子の白い竜の姿がフィリアの頭に浮かんだ。

(今思えば、メイナード様の呪詛に混ざって感じられたものは、もっと以前から、苦しみながら助けを求めていたのかもしれないわ。それが、あの白銀の竜だったのかしら)

フィリアは、メイナードとの結婚式の晩にも、彼の首元の呪詛の辺りから、苦しげに助けを求める訴えを感じたような気がしたことを思い出していた。

(メイナード様の体調は上向いているし、呪いの勢いも、はじめよりは失われているように見えるけれど……。それでも、あの呪いに混じって感じるものは、消えかかっていた息をどうにか吹き返したものの、際どいところで必死に持ち堪えているような、そんな印象を受けたわ)

彼女の直感は、でき得る限り早く手を打った方がよいと告げていた。

「……メイナード様」

フィリアは決心したように口を開くと、メイナードを見つめた。

「これは私の感覚だとしか言えませんが、メイナード様の首に浮かぶこの文字の奥には、あの清らかな白い竜が存在しているような、そんな気がするのです。……メイナード様のお身体にではなく、首のところに微かに感じるその存在自体に、魔法を直接かけられるかを試してみても?」

メイナードはフィリアを見つめて穏やかに微笑んだ。

「ああ、頼むよ。僕は君の感覚を、完全に信じているからね」

「……恐らく、研究所のどの資料にも、こんな事例は残っていないのではないかと思いますし、リスクがないとは言い切れないのですが。そもそも魔法が効くかもわかりませんし、それに、私よりも、癒やしの魔法の力に優れた姉の方が、もしかしたら適任かもしれませんが……」

　やや躊躇いがちにそう言ったフィリアに、メイナードはきっぱりと首を横に振った。

「それは違うよ、フィリア。僕の身体をこれほど癒やしてくれたのは、間違いなく君の魔法だ。それに、この呪詛の内側から変化が起こり始めたのも、君が僕の側に来てくれてからだよ。……同じ回復魔法でも、君の魔法は、明らかにアンジェリカの魔法とは違っているんだ」

　メイナードは、確かな信頼と愛しさの籠もった眼差しでフィリアを見つめた。

「君の魔法には、他の誰とも違う、包み込むような温かさがある。君の魔法からは、僕のことを心から想い、救おうとしてくれている、温かな愛情が滲み出ているように感じるよ」

　二人の横で話を聞いていたルディも、メイナードの言葉に大きく頷いていた。

「兄さんの言う通りだよ！　あの人じゃ、絶対に兄さんの呪いは解けないと思う。フィリア義姉さんが、兄さんのことが大好きで、誰よりその回復を祈ってくれているからこそ、兄さんの身体だってこんなによくなったんじゃないかな。フィリア義姉さんの魔法なら、僕も大丈夫だと思う」

　フィリアは緊張気味だった顔をふっと緩めて微笑んだ。

「ありがとうございます、メイナード様、ルディ」

　メイナードはフィリアに向かって温かく瞳を細めた。

「夢に見た白い竜も、僕の隣にいたのが慈愛に満ちた君だったからこそ、姿を現して助けを求めたのではないかな。苦しみに寄り添い手を差し伸べてくれる、そんな君の温かな力を、あの竜も感じ取ったように思えるよ。だから、君の心のままに魔法をかけてほしい」

彼を見つめて力強く頷いたフィリアは、その首元に少し顔を寄せると、じっと意識を集中させた。

メイナードの首に絡みつく呪詛に反発するように浮かんでいる、聖なる文字に向かって感覚を研ぎ澄ませていると、暗い闇の中に混ざる、淡く白い光のような存在が感じられた。

（この白い光を感じる部分に、集中して……）

フィリアの瞳には、朧（おぼろ）げな白い光が、再び竜の形を取って浮かんだように映っていた。

癒しの系統に属する魔法には、解毒や浄化といった複数の魔法も存在したけれど、フィリアは迷うことなく使う魔法を決めていた。

（消え入りそうになりながら苦しんでいたあの白い竜に、回復魔法を）

淡く光る竜に向かって手を差し伸べるように、彼女の手から、白く輝く光が放たれた。

（どうか、あなたに力が戻りますように。メイナード様の呪いが解けますように）

フィリアが込めた願いに呼応するかのように、これまでよりも格段に輝きを増した光が、メイナードの首の辺りできらきらと舞っていた。

回復魔法が帯びる光にも引けを取らないほどに、フィリアの左目が幻想的な輝きを放っているのを、メイナードとルディは息を呑むようにして見つめていた。

＊＊＊

ちょうど時を同じくして、ダグラスが率いる魔物討伐の隊に同行し、森の奥へと向かっていたアンジェリカは、ぴたりと足を止めた。

アンジェリカの隣に並んで歩いていたダグラスは、怪訝な表情を浮かべて彼女に尋ねた。

「どうした、アンジェリカ?」

「……」

アンジェリカの目がみるみるうちに見開かれた。遠隔の監視魔法を通じて、漆黒の竜の内側から白い光が溢れ出したことに気付いたからだった。

(あれは、いったい何?)

何が起きているのかはわからなかったものの、今までとは違う何かが竜の身に起きているということだけは、アンジェリカにも確かに感じられる。

彼女はダグラスを引き攣った顔で見上げた。

「私、竜の様子を見に戻ってもよろしいでしょうか? 竜に監視魔法をかけておいたのですが、どこか様子がおかしいようで……」

表情を強張らせて訴えたアンジェリカを前にして、ダグラスは思案げに顎に手を当てた。

「あの竜がもし今目覚めでもしたら、それこそ、同じ森にいるこの隊全体の危機に直結するな。皆でいったん戻るか、それとも、俺が君と一緒に行こうか?」

「いえ、今は竜の様子を見に戻るだけですし、私一人で大丈夫です。私の防御魔法が優れていることは、貴方様もご存知でしょう?」

「そうだな……」

ダグラスは、前回の竜との戦いの際も、瀕死の重傷を負ったメイナードとは対照的に、アンジェリカが無傷で帰還したことを思い出していた。

当時、別の隊での魔物討伐に赴いていた彼は、メイナードが彼女を庇ったせいで傷を負ったことは知らずにいた。

どこかから聞こえてきた魔物の咆哮に耳を澄ませながら、ダグラスはアンジェリカを見つめた。

「わかった。だが、この辺りにいる魔物たちを片付けたら、できる限り急いで君の元へと向かうよ。もし何か危険があれば、すぐに君の魔法で知らせてほしい」

「ええ、わかりました」

頷いたアンジェリカに、ダグラスは興味深げに尋ねた。

「竜にどんな変化があったのか、わかるかい？」

「いえ、具体的にどのような変化が起きているのかまでは、竜の側に戻ってみないとわかりませんが……」

言葉を濁した彼女に向かって、彼は続けた。

「竜の変化というのは、メイナード様がかけられた呪いの状況にも関係しているのだろうか」

「その可能性も、否定はできませんわね」

慎重に言葉を選んだアンジェリカを、ダグラスは真剣な眼差しで見つめた。

「もし竜が彼の呪いから力を得て、目を覚まそうとしているようなら、即刻逃げてくれ」

「……承知しました」

アンジェリカは、彼女がフィリアの魔力を感じた竜の内側から、漆黒の竜とは趣を異にする清らかな光が流れ出てきたことに、ダグラスの言う可能性は低いだろうと踏んではいた。けれど、心配する彼の気持ちを汲んで神妙な面持ちで頷いた。

彼はふっと目を伏せると、独り言のように呟いた。

「今更としか言いようがないが、仮にあの竜本体をどうにかできたなら、メイナード様は呪いから解放されるのだろうか」

「呪いから、解放……?」

訝しげな表情を浮かべた彼女に、ダグラスは苦笑した。

「あの竜の存在が、何らか瘴気を防ぐことに関係しているとしても、だからといってメイナード様の命を犠牲にしてよいかというと、また話は別だと俺は思うのだがね。……これまで俺たちには手の打ちようもなかったし、時既に遅しかもしれないが、もしも竜が弱っている兆候があったなら知らせてほしい」

既にアンジェリカにとっては過去の人になっていたメイナードを慮(おもんぱか)る彼の言葉に、彼女は意外な思いで耳を傾けていた。

「……ええ。では、竜の様子を見てきますね」

「ああ、頼んだよ」

急ぎ足で一人魔術師団を離れていくアンジェリカの後ろ姿は、すぐにダグラスの視界から消えていった。

アンジェリカは来た道を辿るようにして、暗い森の中を小走りに戻った。

ひっそりと蹲っていた竜の姿を遠目に認めて、アンジェリカは小さく息を呑んで歩を緩める。

それは、多少離れた場所から見てもはっきりとわかるほどに、黒々としていた竜の内側から、薄暗い森を照らし出すような、眩いばかりの光が放たれていたからだった。

（嘘、でしょう……）

一歩ずつゆっくりと竜に近付きながら、アンジェリカはごくりと唾を飲んだ。それは、竜から流れ出す白く輝く光から、フィリアの魔力を、しかも以前の彼女からは考えられないほどに強く感じたからだ。

（フィリアに何があったというの？　あの子にこんな魔力はなかったはずなのに……。あの子はこの竜に何をしたのかしら？）

触れるほど竜に近付いた彼女には、竜の内側に存在する何かが、フィリアの魔力で息を吹き返したように動き出すのが感じられた。それは、凶暴で邪悪な漆黒の竜とは対極の、聖なる力を帯びた何かだった。

聖女と呼ばれるほど魔力が高く、勘にも優れたアンジェリカは、目の前の竜に起きていることを直感的に理解しつつあった。

（フィリアが何か働きかけたことで、きっと、竜の呪いが解けかかっているのだわ。メイナード様にかけられた呪いだけでなく、まるでこの竜自身が、呪いから目覚めようとしているみたい）

神秘的な光を放つ竜を目の前にして、アンジェリカは焦りと混乱を覚えながらぎゅっと唇を噛んだ。

(聖女であるこの私ですら何もできなかった竜の呪いに、フィリアはどんなことをしたっていうの？

……メイナード様の呪いがあの子には解けたなんてことになれば、私はきっと笑い者になるわ)

プライドの高い彼女には、ずっと見下していた妹のフィリアに負けるなど、到底受け入れられそうにもなかった。

自分の地位と名声を何より大切にしている彼女は、顔色を失いながら、しばらく呆けたように竜を見つめていた。

その時、アンジェリカの耳に不思議な音が届いた。

——ピシッ
(……？)

竜から聞こえてきた、何かが割れるような微かな音に、はっと我に返るとアンジェリカはその場から一歩飛び退いた。

音がしたところを恐る恐る眺めると、そこに蹲る、黒光りする竜の鱗に小さな亀裂が入っていた。

走った亀裂の内側からは、白い光がよりはっきりと流れ出していく。

警戒しながらも彼女がその部分をじっと見つめていると、彼女の視線の先で、はじめは小さかったひび割れが次第に大きくなっていった。

「あっ……」

黒い竜に走る亀裂が急に広がったかと思うと、その割れ目の間から、白い光に包まれたものがゆっくりと顔をもたげた。

アンジェリカは、その清らかな姿に思わず目を瞠った。彼女の前には、神々しいほどに美しい白銀の竜が、まるで漆黒の竜から脱皮するように姿を現しつつあった。

(もしかしたら、これが、竜本来の姿なのかしら……)

信じられない思いで瞬きをした彼女は、混乱に揺れる胸を抱えながら、姿を現し始めた荘厳な竜を見つめていた。目の前の白銀の竜からは、彼女を襲うような殺気や敵意は感じられなかった。

ふと、アンジェリカの頭を、ダグラスから聞いたばかりの言葉がよぎる。

『仮にあの竜本体をどうにかできたなら、メイナード様は呪いから解放されるのだろうか』

(そうだわ……!)

アンジェリカの頭の中に、あることが閃いた。ようやくふっと表情を緩めた彼女は、薄くその口角を上げた。

(竜本体が呪いを解く鍵だったのだと、そして私がこの禍々しい黒い竜から、内に潜む聖なる存在に気付いて救い出したのだと、そういうことにしてしまえばいいのだわ。だからメイナード様も呪いから解放されたのだということにすれば、説明もつくはず)

彼女は、考えを巡らせながらその笑みを深めた。

(今ここにいるのは私だけだし、もしフィリアが何か言ったとしても——まあ、あの子は名誉なんて欠片も興味はなさそうだし、メイナード様の身体さえ回復すれば何も言わないでしょうけれど——、皆、聖女である私の言葉を信じるはず。私の名声も傷付かずに済むわ。むしろ、更なる栄誉を得られ

るのではないかしら)

　ほっと胸を撫で下ろしたアンジェリカは、再びちらりと白銀の竜に視線をやった。

(まずは、ダグラス様たちをこの場に呼んで、この穢れのない白い竜を私が目覚めさせたのだと説明してから、この場の証人になっていただかないと)

　ダグラスを魔法で呼ぼうかと彼女が考えた時、彼女の背後から、遠く彼女に呼びかける声が聞こえてきた。

「アンジェリカ、大丈夫か!?」

　聞き慣れたダグラスの声に、アンジェリカは微笑みを浮かべた。

(ダグラス様たちだわ、ちょうどよかった。後は、フィリアが関係していることを、万が一にも彼に気付かれないようにさえできれば……。念のために、あのような清い存在には毒にも薬にもならない、何かそれらしい魔法でも被せておけばいいわね)

　ちらりと後ろを振り返ったアンジェリカは、フィリアの魔力の痕跡を消すように、竜に被せるようにして浄化の魔法を急いでかけた。

　そして、大きな笑みを浮かべてダグラスたちを見つめると、声を張り上げた。

「……ダグラス様、これをご覧ください!」

　無防備な背を竜に対して向けた彼女の耳に、ダグラスの声が響いた。

「アンジェリカ、後ろ……!」

　彼の切羽詰まった叫び声に首を傾げた彼女は、背後を振り返ると、みるみるうちにその瞳を大きく見開いた。

　フィリアの手から放たれた白く輝く光が、メイナードの首元を包むように舞う中から、次第に仄かな光が集まり始め、ゆらゆらと形を取り始めた。

　じっとその姿を見つめていたルディが、ぽつりと感嘆の声を漏らした。

「白い、竜がいる……」

　メイナードの首元の聖なる文字の部分から抜け出すようにして、淡く輝く白銀の竜が現れ出てくる様子を、三人は息を呑むようにして見つめていた。

　フィリアの魔法から生命の力を得るように、白銀の竜はだんだんとその美しい輝きを増していった。

（でも、まだ終わってはいないわ）

　フィリアは注意深く、メイナードの首元に浮かぶ呪詛の様子を見つめていた。呪詛を形作るそれぞれの文字が、内側からじわじわと動き出しているようだった。

　最後に、長い尾を振るようにして白銀の竜が姿を現した時、メイナードの首の辺りから、何かが割れるようなピシピシという音が響いた。そして、それまで彼の首元に絡みついていた呪詛が、ずるずると彼の首を離れ、首の周りへと浮かび上がっていく。

（……！）

　フィリアは、メイナードの首元を離れた呪詛を見つめて、背筋がすうっと冷えるのを感じていた。

（あんなに恐ろしいものが、今までメイナード様の身体に巣食っていたなんて……）

呪詛の一文字一文字が、まるでメイナードの首の奥深くまで張っていた根を引き剝がされたかのように、気味悪く黒々とした尾を引いていた。ぞっとするような漆黒の存在は、今もまだ生命を保っているかのようだった。

白銀の竜の見つめる先で、闇のように黒く揺蕩っていた呪詛の文字が、螺旋状に集まり形を取りながら、ゆるゆるとメイナードの首元を離れて静かに浮かび上がる。

目を瞠りながらその様子を見上げていたメイナードは、はっとしたように首元を触り、そして両手に視線を落とした。

(魔力が、戻っている)

黒々とした存在は、白銀の竜に背を向けるようにして、開け放たれていた部屋の窓から庭へと滑り出た。次第に黒い竜の形を取り始めたそれは、ゆっくりとメイナードたちの方向を振り返った。

禍々しい空気を纏った黒竜にびくりと身を竦めたフィリアとルディを、メイナードがすぐに背中に庇う。

光を帯びた白銀の竜は、黒竜を追うように庭へと向かうと、空に舞い上がりながら、少しずつその身体を巨大化させていった。

三人の視線の先では、白銀の竜と、目覚めたばかりといった様子で緩慢な動きをしている漆黒の竜が、庭を浮遊しながら対峙していた。

「メイナード様、お身体は?」

心配そうに尋ねたフィリアを振り返ると、メイナードはにっこりと笑いかけた。

「もう呪いからも解放されたようだ。フィリア、君のおかげだよ」

白銀の竜と睨み合うように浮かぶ漆黒の竜を見つめて、メイナードは手に青白く煌めく炎を纏わせた。

「兄さん、もう魔法を使えるんだね⁉」

恐ろしい気配の黒竜に青ざめていたルディの顔が、ぱっと輝いた。メイナードは手に魔力を集中させながら答えた。

「ああ、ルディ。もう大丈夫だよ」

その時、三人の目の前で、それまでゆったりと浮かんでいた漆黒の竜が突然びくりと痙攣すると、はっきりと目を覚ましたかのように、身体をうねらせて激しく尾を振った。

途端に、怒り狂った竜の激しい殺気が周囲に満たした。

「きゃっ……！」

「うわあっ！」

辺り一面の空気を震わせるような禍々しい怒気に、フィリアとルディは思わず悲鳴を上げた。

二人を背に庇ったまま、メイナードは、手に纏わせた青白い炎を漆黒の竜に向けて放った。

＊＊＊

ダグラスの叫び声を聞いて背後を振り返ったアンジェリカは、全身からさあっと血の気が引いてい

くのを感じていた。

（……!!）

彼女の視界いっぱいに映っていたのは、彼女を怒り狂った様子で睨み付けている、胴体がぱっかりと大きく割れた漆黒の竜だった。

（嘘っ!?　あれはただの抜け殻じゃなかったの……？）

白く輝く竜が現れ出た後の、脱皮後の抜け殻のように見えていた黒い竜が獰猛に迫り来る様子を、アンジェリカは凍り付いたように眺めていた。

大きく身体をうねらせた漆黒の竜は、その尾を勢いよく振り上げると、動くこともできずにいたアンジェリカに向かって激しく叩きつけた。黒い竜の尾は、彼女を防御魔法ごと押し潰して地面にめり込んだ。

「うっ……」

悲鳴すら上げられぬままに、彼女は自分の骨が折れる音を聞きながら地面に倒れ伏していた。

竜の尾が擦った彼女の顔は、鱗の猛毒に侵食されて少しずつ変色し始めていた。

「アンジェリカ!?　……誰か、回復魔法の使い手を頼む！」

ダグラスの声が、アンジェリカの耳に遠く響いていた。

（……私、どうなってしまうのかしら）

次第に霞んでいく彼女の視界には、ダグラスをはじめとする魔術師団の一行が、互いに睨み合う白竜と黒竜を取り囲む様子が映っていた。

対峙している二匹の竜の間には、びりびりとするような緊張が走っていた。

白銀に輝く穢れなき竜と、闇を纏う禍々しい漆黒の竜という対極に位置するような二匹を眺めながら、ダグラスは額を冷や汗が伝うのを感じていた。

（いったい何が起きているんだ？　……どちらの竜も、俺たちの力など軽く凌駕（りょうが）しているように見える。あの白銀の竜に加勢したいところだが、俺たちの魔法はあの黒い竜に果たして効くのだろうか……？）

攻撃の機会を窺いつつも、なかなか手出しができずにいる魔術師団一行の前で、突然、漆黒の竜の身体が内側から青白い光を帯びた。

（……あれは、何だ？）

青白く煌めく炎が次第に身体の内側から大きく燃え上がり始めると、黒竜は苦しげに身体をうねらせて、のたうち回り始めた。

ダグラスは慌てて魔術師たちに叫んだ。

「下がれ！　あの黒い竜から離れろ！」

青白く激しい炎が黒い竜の身体を包んで焦がしていく様子を、ダグラスは息を呑むようにして見つめていた。

（あの、青白い炎は……）

その炎は、ダグラスが幾度も目にしたことのある、彼が尊敬する魔術師の炎魔法によく似ていた。

そして、青白く煌めく炎から感じられる強大な魔力に、その推測は確信に変わった。

「これは、メイナード様の魔法だ」

それが、気を失う前のアンジェリカの耳に最後に届いた言葉だった。

青白く美しい炎が、揺らめきながら黒い竜を焼き尽くしていく様子を、魔術師たちはただ固唾を呑んで見守っていた。

＊＊＊

メイナードの手から放たれた青白い炎が、目の前に浮かぶ漆黒の竜を包み込んでいく様子を、フィリアとルディは目を瞠りながら眺めていた。

(凄いわ、これがメイナード様の魔法……)

比類なきほどの魔力と正確なコントロールに、フィリアはただただ圧倒されていた。

漆黒の竜は青白い炎に包まれながら、必死に抵抗するように身体をうねらせていたけれど、いつしかその動きを止めると、幻想的な青白い炎の中で崩れるように姿を失い始めた。

白銀の竜は、金色に輝く両の瞳で、青白く揺らめく炎の中で消えていく黒い竜を見つめていた。

完全に黒い竜が消失すると、白銀の竜はふわりと舞い上がってから、静かにフィリアの前に降りて来た。

ほんのりと透き通って見える白銀の竜は、宙を揺蕩いながら、神秘的な金色の瞳でフィリアをじっ

と見つめた。

竜の輝く瞳を見つめ返しながら、フィリアは、竜が彼女に感謝を伝えようとしていることを確かに感じ取っていた。

(これがきっと、本来の聖なる竜の姿。穢れのない、清らかで美しい存在……)

感嘆と畏敬の念を覚えながら、フィリアは竜に微笑みかけた。

竜は身体を揺らめかせ、別れの挨拶を告げるように三人の頭上を旋回してから、温かな輝きを残して、薄らぎながらその姿を消した。

三人はしばらく口を噤んだまま、白い竜が残していった輝きの余韻を感じるようにして、静かにその場に佇んでいた。

はじめに、ルディが口を開いた。

「ねえ、兄さん、フィリア義姉さん。僕たち、夢を見ていたのかなあ……? だとしたら、今まで見た中で一番、印象的な夢だったけど」

頬を染めながら、ぼんやりと立ち尽くしていたルディの肩を、メイナードが軽く叩いた。

「いや、あれは夢じゃないよ、ルディ。ほら、見てごらん」

自らの白い首元を指し示したメイナードに、ルディの瞳が潤んだ。

「本当に、呪いが解けたんだね、兄さん……」

微かに声を震わせたルディの頭を、彼は優しく撫でた。

「ああ、フィリアが解いてくれたからね。……ありがとう、フィリア」

メイナードは輝くような笑みをフィリアに向けた。

跡形もなく呪詛が消えた、白く滑らかな彼の首元を見つめて、彼女の両目にも涙が滲んでいた。

「メイナード様、……よかった」

どうにか言葉を絞り出したフィリアの身体を、メイナードが優しく抱き締めた。

メイナードの屋敷を覆っていた重苦しい空気はすっかりと消え失せ、窓から差し込む温かな光に柔らかく満たされていた。

第十六章　光差す未来へ

メイナードの呪いが解けた後、研究所を訪れたフィリアは、イアンのいっぱいの笑顔に出迎えられていた。

「フィリア、よくやりましたね。魔術師団長のダグラス様から、話は聞いていますよ」

漆黒の竜を焼いた炎からメイナードの魔力を感じ取ったダグラスは、すぐさまメイナードとフィリアの元を訪れて、当時彼らの元で何が起きていたのかを確かめていた。

メイナードとフィリアも、森にいた竜本体に起こったことをダグラスから聞いた。黒竜から分離したと思しき白銀の竜が姿を現したこと。メイナードが、その首の呪いから現れた黒竜に炎魔法を放ったのと時を同じくして、森にいた黒竜本体も、内側から青白い炎に焼き尽くされたこと。そして、白銀の竜が、黒竜の消滅を見届けてから、やがて森の奥へと帰っていったことを、二人はダグラスから知らされた。

「これも、イアン様のお力添えがあったからこそです。メイナード様の呪いを解くために助けてくださって、本当にありがとうございました」

丁寧に頭を下げたフィリアに、イアンは微笑みながら首を横に振った。

「謙遜しなくてもいいのですよ、フィリア。貴女がいなければメイナード様の呪いは解けなかったでしょうし、竜も元の姿を取り戻すことはできなかったでしょう」

フィリアはやや眉を下げてイアンに尋ねた。

「……あの後、渓谷の辺りから湧き出ていたという瘴気はどうなったのでしょうか？」

「もう収まったと聞いていますよ」

「それを伺って安心しました」

ほっと表情を緩めたフィリアに、彼は続けた。

「竜が目覚めてから瘴気が止まったそうですので、やはりあの竜は、瘴気を抑えるために一役買っているようですね」

フィリアは思案気にイアンを見つめた。

「……イアン様も、ダグラス様からお聞き及びかと思いますが、メイナード様の呪詛の部分から、ちょうど正反対の、清らかな白い竜と禍々しい黒い竜が現れ出たのです。メイナード様が、炎魔法で黒い竜を焼き払ってくださったおかげで事無きを得ましたが、イアン様は、いったいあの竜に何が起きていたのだと思われますか？」

「そうですねえ……」

イアンはフィリアを見つめ返すと、ゆっくりと口を開いた。

「今回と類似する件は過去の記録にもないようですし、これは私の推測に過ぎませんが。瘴気が漂い始めてから、あの辺りの動物や魔物たちに、異常とも言える凶暴化が見られたことを考えると、竜も、長期間にわたって瘴気を浴び続けるうちに、その影響を受けて毒されてしまったのではないでしょうか」

「凶暴化した竜も、そう考えると説明がつきますね」

「ただ、恐らくは、本来の聖なる竜としての部分も、瘴気に侵され切らずに辛うじて残っていたのでしょう。凶暴化した自らに呑み込まれそうになりながらも、必死に抵抗していたその部分が、何らかの形でそこから分離するに至ったのではないかと、私はそう考えています」

フィリアが静かに頷くと、イアンは再び口を開いた。

「メイナード様に呪いがかけられた時、あの毒された竜も、恐らく彼との戦いでかなりの深手を負っていたのでしょう。だからこそ、その本質に当たる部分を呪いの形に変え、彼から力を奪おうとしたけれどそこには、まだ消滅しきっていなかった清らかな本質が微かに残っていた。それが、フィリア、貴女に助けを求めたのではないかと、私にはそんな気がしています」

「そして、呪いから姿を現した、黒い竜の本質をメイナード様が炎魔法で倒したために、森にいたその本体も消滅し、聖なる白い竜だけが残ったということなのでしょうか」

「ええ、きっとそうなのだと思います。……聖なる竜が元の姿を取り戻せたのは、フィリア、貴女が助けを求める声に気付いたからですよ」

イアンは温かな眼差しでフィリアを見つめた。

「貴女は賢いだけでなく、とても優しい。今までも、研究所へ相談に見えた方に、貴女が真摯に対応し協力する様子を見てきましたが、貴女は人の痛みがよくわかっている。だから、苦痛を抱える者に寄り添い、そっと手を差し伸べることができるのでしょうね。そんな貴女だからこそ、あの本来の聖なる竜を助けることができたのだと思いますよ。素晴らしいことですね」

フィリアは頬を薄く染めると、恥ずかしそうにイアンを見つめ返した。

「そんなお褒めの言葉をいただけるほど、私はできた人間ではありませんが、ありがとうございます」

「まあ、フィリアならきっと何とかしてくれるだろうと、貴女にあの呪いの解決を任せた私の判断も、なかなかに冴えたものだったのではないかと、我ながら思いますよ」

そう楽しげに笑ったイアンに、フィリアもくすりと笑みを零した。

「ふふ、イアン様が私に任せてくださったおかげですね」

二人の間には和やかな空気が流れていたけれど、イアンは少し目を伏せると、ふっと息を吐いた。

「……ただ、一つだけ残念なお知らせがあります」

眉を下げたイアンに、フィリアの顔にやや緊張が滲んだ。

「それは、何でしょうか？」

「ダグラス様も、貴女たちの元を訪ねた際には、詳細を伝えあぐねていたようですが。貴女の姉上が、あの黒い竜によって瀕死の重傷を負ったそうなのです」

「……お姉様が？」

ダグラスから、アンジェリカもその場にいたこと、彼女が黒い竜に襲われて怪我をしたことまでは聞いてはいたものの、それほどの重傷を負っていたとは知らなかったフィリアは、驚きに目を瞬いた。

「回復魔法によって辛うじて一命は取り留めたものの、もう聖女としては、いえ、回復魔法の使い手としてですら、魔物と戦うことは難しい身体になってしまったようです。……運の悪いことに、竜の鱗の毒によって、爛れたような跡が、顔にも大きく残ってしまったと聞いています」

「……そうだったのですね」

フィリアは口を噤むと、聖女としての強大な力と、自らの美貌に大きな自信を持っていた姉を思い出し、その表情を翳らせた。

ダグラスからアンジェリカの怪我を聞いたフィリアが、実家に手紙を送って姉の様子を尋ねた際にも、両親ですらその容態には固く口を閉ざしていた。

アンジェリカは誰にも会いたくないとの一点張りだから見舞いは不要だと、そう両親からの返信を受けて、不思議に思っていた彼女だったけれど、その疑問がようやく解けたように感じていた。

イアンは気遣わしげに彼女に続けた。

「貴女とは対照的に、噂に聞く限り、貴女の姉上が人格的に優れているようには思えないのですが、それでも貴女は優しいですからね。……彼女とダグラス様との婚約も、王命により解消されたそうです。ダグラス様は、次期聖女に任命される方と、新たに婚約を結び直すそうですよ。代わりに、一定の見舞金が王家から姉上に支払われると、そのような話を耳にしています」

「そう……ですか」

(メイナード様が大怪我を負って、お姉様が彼との婚約を解消した時と、お姉様はちょうど真逆の立場になってしまったようね。お父様とお母様も、さぞかし落胆していらっしゃることでしょう……)

このようなことが起きるものなのかと、不思議な因果を感じながら、フィリアは小さく溜息を吐いた。

「ところで、フィリア。話は変わりますが」

イアンはじっとフィリアを見つめると、彼女に尋ねた。

「ダグラス様に、魔術師団への入団に興味はないかと誘われたようですが、貴女は断ったそうですね？」

「ええ、イアン様」

フィリアはこくりと彼の言葉に頷いた。

「私の魔力は、以前に比べれば大分改善しましたが……それでも、今回のような回復魔法が使えたのは、メイナード様の呪いを解きたいという強い気持ちがあったからこそだと、私自身もそう自覚しておりますし」

「それで本当にいいのですか？　魔術師団に加わるとなれば、栄転と言えるでしょうが……」

イアンに向かって、フィリアは強く瞳を輝かせた。

「はい。私はここで、イアン様の下で、この研究の仕事が続けたいのです」

「……そうですか」

彼女の言葉に、イアンはふっと嬉しそうに笑った。

「貴女にそう言っていただけると、私もとても嬉しいですよ。頼りにしていますので、これからもよろしくお願いしますね、フィリア」

「こちらこそ、よろしくお願いします」

素晴らしい上司と職場に恵まれたことに改めて感謝を覚えながら、フィリアは明るい表情で微笑んだ。

＊＊＊

研究所から帰宅して自室に戻ったフィリアは、屋敷の外から聞こえてきた馬の蹄と馬車の車輪の音に、窓に一歩近付くと外を眺めた。

門の前にはちょうど一台の馬車が到着し、中からメイナードが降りてくるところだった。

(……メイナード様だわ)

ふわりと微笑みを浮かべたフィリアは、軽い足取りで玄関まで向かった。玄関を開けたメイナードは、フィリアの姿を認めると、すぐに駆け寄って彼女を抱き締めた。

「ただいま、フィリア。会いたかった」

「お帰りなさい、メイナード様」

嬉しそうに瞳を輝かせて、フィリアを抱き締める腕に力を込めたメイナードに、彼女の頬はふわりと染まっていた。

「爵位の授与式は、いかがでしたか？」

ここ数日は、王都の中心で式典が開催され、王家への貢献が認められた者に対する爵位の授与も行われていた。

メイナードは、今までの魔物討伐の実績と、黒竜を倒した功績が認められて、伯爵位を授かっていた。

「ああ、つつがなく終わったよ。……貴族なのに平民の僕に嫁いできてくれた君に、今まで申し訳なく思っていたから、ようやくほっとした部分はあるかな」

「ふふ。私は、メイナード様のお側にずっといられるのなら、爵位なんて構いませんけれど」

「まあ、君がそう思ってくれていることも、よくわかってはいたけれどね」

フィリアはメイナードを見上げるとにっこりと笑った。

「でも、今までのメイナード様の功績が認められてたのは素晴らしいことですね。この前のメイナード様の炎魔法も、あまりに圧倒的で、私、間近で見て感動しましたもの。……本当におめでとうございます」

メイナードはフィリアを愛しげに見つめると、そのまま彼女を横抱きに抱き上げた。

「あっ、メイナード様!?」

驚いたフィリアを横抱きにしたまま、彼はくるりと一回転すると、彼女の唇にそっと優しく唇を重ねた。

(……!)

フィリアの頬に、みるみるうちにかあっと熱が集まる。そんな彼女の姿に、メイナードは瞳を細めた。

「僕も、爵位を授かることよりも、君が一言褒めてくれることの方が、よっぽど嬉しいというのが本音だよ」

爵位授与式のために正装をしていたメイナードは、すっかり元の美貌を取り戻していたことも相まって、まるで御伽噺から抜け出して来た王子のように、目を瞠るほど美しかった。

そんなメイナードに横抱きにされて、ほうっと息を吐いたフィリアの唇に、彼はもう一度キスを落とすと、名残惜しそうにそっと彼女の身体を下ろした。

その時、ちょうど廊下を走って来る軽快な足音が二人の耳に届いた。

「お帰りなさい、兄さん！」

笑顔で飛んで来たルディを、メイナードは温かく抱き締めた。

「ただいま、ルディ。いい子にしていたかい？」

「うん！　新しい家庭教師の先生に、勉強を教わっていたんだよ。僕も、フィリア義姉さんみたいに、将来は研究所で働くことが夢なんだ」

「ほう、それは頼もしいな」

「ルディなら、きっと立派な研究者になれると思うわ」

メイナードもフィリアも、ルディに向かって明るい笑みを浮かべていた。

ルディの頭を柔らかく撫でたメイナードは、彼に尋ねた。

「ルディ。僕が呪いを受けてからは、今までほとんど外出もしていなかっただろう？　それに、新しいおもちゃも何も買ってやれなかったからね。近いうちに、フィリアと三人でどこかに出掛けないか？」

「えっ、いいの!?　お出かけするの、久し振りだなあ」

ぱっと顔を輝かせたルディに、メイナードとフィリアも目を見合わせて微笑んだ。

「どこか行きたいところや、何か欲しいものはあるかい？」

ルディは神妙な面持ちで首を捻った。

「うーん、そうだなあ。もう、一番に欲しかったものは叶ったしなあ……」

「そうなの？　それは何だったのかしら」

フィリアの問いかけに、ルディはにっこりと答えた。

「元気になった兄さんの笑顔だよ！　呪いが解けて、兄さん、もうすっかり元気に笑うようになったでしょう？　だから僕、とっても嬉しいんだ」

（ルディったら、何て可愛いことを言うのかしら……！）

胸がぎゅっと摑まれるような感覚を覚えたフィリアは、思わずルディを抱き締めていた。

「あなたは本当にメイナード様思いの、優しい弟ね」

「へへっ」

二人の様子を眺めながら、感慨深げに微かに瞳を潤ませたメイナードは、ルディを見つめた。

「ありがとう、ルディ。君は僕の自慢の弟だよ」

フィリアの腕の中で、少し考えを巡らせた様子のルディは、遠慮がちにメイナードに向かって尋ねた。

「ねえ、兄さん。本当に、何でもお願いしていいの？」

「ああ、もちろんだ」

彼は大きな瞳で、メイナードをじっと見上げた。

「それなら、兄さんが前に魔術師団長だった時よりも、もっと兄さんと一緒にいられる時間が増えたらいいな。もう、兄さんも魔術師のお仕事に戻ると思うけど……」

「それなら、安心してほしい」

メイナードは穏やかな笑みを浮かべてルディを見つめた。

「それは、僕も、呪いを受けて寝たきりだった時から考えていたんだがね。……魔術師団長への復帰も含めて、いくつかの職の打診を受けたのだが、この付近で魔物が現れたことのある場所を監視しながら、重点的に守るポジションに就くことにしたんだ。それなら、ある程度柔軟に動けるし、比較的時間の余裕もある。それに、君たちの安全を守ることにも繋がるからね」

「ありがとう、兄さん！」

フィリアも、彼の言葉を聞いてほっと安堵している自分に気付いた。

嬉しそうに笑ったルディは、ふと何かを思いついたように瞳を輝かせた。

「ねえ、兄さん。それに、フィリア義姉さん。もう一つ、お願いしてもいいかな？」

少し上目遣いにルディに見上げられて、二人は揃って頷いた。

「ああ、構わないよ」

「もちろんよ」

ルディはにっこりと笑った。

「……じゃあ、新しい家族が増えたら嬉しいな」

予想外のルディの言葉に、メイナードが驚いたように瞳を瞬いた。

「それって……？」

「うん。甥っ子か姪っ子が欲しい！」

「「……!?」」

彼の無邪気な言葉に、メイナードとフィリアは思わず目と目を見交わすと、互いにかあっと頬を染めていた。

「だってさ、この家がもっと賑やかになったら、楽しいと思わない？」

「……ああ、その通りだな」

「そうですね……」

はにかむように笑った二人を見上げながら、ルディは顔中に大きな笑みを浮かべていた。

＊＊＊

フィリアは、メイナードの部屋のソファーに並んで腰掛けていた。既に正装から着替えたメイナードの手は、フィリアの肩に優しく回されていた。

「……さっきのルディの言葉には、驚いたな。ずっと一人で、寂しい思いをさせてしまったからかもしれないな……」

ぽつりとメイナードが呟くと、フィリアは彼を見上げて微笑んだ。

「これから、お元気になったメイナード様がルディと過ごす時間が増えれば、彼の笑顔もきっと増えますよ。それに……」

やや俯いて、ほんのりと頬を染めたフィリアの言葉をメイナードが継いだ。

「家族が増えたら、嬉しいね」

「……はい」

メイナードは、アメジストのように輝きの強い、そして確かな熱の籠った瞳でフィリアをじっと見つめると、そっと彼女の顎を持ち上げて微笑んだ。

「愛しているよ、フィリア。君に出会えて、よかった」

彼からの優しいキスは、少しずつ角度を変えながら次第に深くなっていった。初めての深い口付けに、フィリアは息が止まりそうになりながら、彼に身を任せた。

ようやくメイナードの唇が離れると、フィリアは真っ赤になりながら彼の胸に顔を埋めた。彼の腕が、柔らかく彼女の身体に回される。

メイナードの鼓動を近くに感じながら、彼女はふと、彼に嫁ぐ前のことを思い出していた。

――声をかけられる度に胸が高鳴った、ずっと、心密かに憧れていた初恋の人。

――想いを伝えることすら叶わないと、遠くから眺めることしかできなかった人。

そんなメイナードが、今は自分を腕に抱き締めて、愛しくて堪らないといった様子で瞳を細めてくれていることが、フィリアにはまるで奇跡のように思えた。

これほど甘く、蕩けてしまいそうな溺愛が待っているなんて、彼に嫁いでくる前のフィリアには想像することもできなかった。

「私も、大好きです。メイナード様」

フィリアが頬を染めたまま彼を見上げると、嬉しそうに笑ったメイナードの温かな両腕に、ぎゅっと力が込められた。

夢のように思える幸せが、確かに現実なのだということを、彼女を抱き締めるメイナードの力強い腕が教えてくれていた。

明るい光に照らされる未来が目の前に広がるように感じながら、フィリアは愛しいメイナードを抱き締め返すと、にっこりと笑った。

番外編一　満月の夜

メイナードが爵位授与式から帰った日の晩。メイナードとフィリア、ルディが夕食後に和やかに談笑していると、サムがダイニングルームに大きなケーキを運んできた。

フィリアとルディは、にこやかなサムからの目配せを受けて微笑んだ。

「サム、それは……？」

たっぷりのクリームで飾られ、色鮮やかなフルーツで彩られたケーキを見つめて、メイナードは驚いた様子で目を見開いていた。

サムは、ダイニングテーブルにケーキを下ろすと、顔中に大きな笑みを浮かべた。

「メイナード様、伯爵位の授与、おめでとうございます。このケーキは、メイナード様のお祝いにと、フィリア様とルディ様も一緒に作ってくださいました」

「こんなに立派なケーキを、君たちはサムと作ってくれたのかい？」

フィリアとルディは、揃ってメイナードに笑顔を向けた。

「うん！　兄さんのお祝いに何かできないかって、フィリア義姉さんとサムに相談して、ケーキを一緒に作ることにしたんだ。フィリア義姉さん、とっても器用だったんだよ」

「ふふ、ルディこそ凄く上手だったし、飾り付けも綺麗にしてくれたわね。……メイナード様の快気祝いもゆっくりとできないままに、慌ただしく日々が過ぎてしまったので、この機会にと三人で話していたのです。サムも丁寧に作り方を教えてくれたのですよ」

サムも嬉しそうに口を開いた。

「いえいえ。フィリア様とルディ様の手際が良かったおかげで、美しいケーキに仕上がりましたし、作っていて楽しかったです。それに、メイナード様への気持ちも、しっかり込められていますからね」

サムがケーキを切り分けて三人に配り終えると、メイナードがにっこりと笑った。

「みんな、どうもありがとう。サムも一緒にどうかな？」

「いえ、せっかくの団欒のお時間ですから、俺がお邪魔しては……」

遠慮がちにそう告げたサムに、フィリアとルディも口々に続けた。

「私も大賛成です。是非、一緒にどうかしら？」

「そうだよ、サムも僕たちと食べようよ！」

頬を紅潮させたサムは、はにかみながら頷いた。

「では、今晩だけは皆様のお言葉に甘えさせていただきますね。まず、用意しているお茶だけ先にお持ちしますので……」

頭を下げたサムは、急いでキッチンから紅茶のポットとティーカップ、そして皿を持ってくると、並べたティーカップに手早く紅茶を注いでから、椅子に腰かけて三人とテーブルを囲んだ。サムが紅茶を淹れている間に、フィリアはサムの分のケーキを皿に取り分ける。

ケーキを口に運んだ四人の顔には、笑みが零れた。

「こんなに美味しいケーキを食べたのは、生まれて初めてだよ」

メイナードの言葉に、ルディも大きく頷いた。

「自分で言うのもなんだけど、美味しいね！」

フィリアとサムも二人の言葉に頷きながら、目を輝かせて、口の周りいっぱいに白いクリームを付けているルディを見て、くすりと笑った。ルディがケーキを食べ終わった時を見計らって、隣に座っていたフィリアは、手を伸ばすとナフキンでそっと彼の口元を拭った。

紅茶の芳しい香りが満ちる温かな空間で、メイナードは感慨深そうに口を開いた。

「こんな日を迎えることができるなんて、呪いを受けた時は想像もできなかった。皆、本当にありがとう」

メイナードはテーブルを囲む面々に視線を向けた。

「ルディにはたくさん心配をかけてしまったが、いつも気丈に振る舞って、僕を励ましてくれたね。サム、君は僕の酷い呪いを見ても、今までと変わらない態度で、ずっと真摯に支えてくれた。そして、フィリア」

彼はじっとフィリアを見つめた。

「君がいなければ、今日という日を生きて迎えることは、僕には決してできなかったことだろう。優しく、忍耐強く僕に手を差し伸べて、そして癒やしてくれたことを、一言では言い表せないくらい感謝しているよ」

サムとルディも、メイナードの言葉に頷いていた。

「フィリア様がこの屋敷にいらしてから、すべてが良い方向に変わりましたね」

しみじみとそう言ったサムに、ルディが続けた。

「本当だね。フィリア義姉さんが兄さんのところに嫁いできてくれて、よかったよ。僕も、フィリア義姉さんのこと、兄さんに負けないくらい大好きだからね！」

（ああ、皆、とても温かいわ）

すっかり家族の一員として受け入れられていることを改めて感じながら、フィリアはふわりと笑った。

「私こそ、メイナード様にも、ルディとサムにも、感謝しかありません。私を家族として迎えてくださって、ありがとうございます。そして、メイナード様」

フィリアはメイナードを明るい瞳でじっと見つめた。

「改めて、お身体の回復と、伯爵位をおめでとうございます」

「ああ、ありがとう」

メイナードを囲む三人から、温かな拍手が笑顔と共に贈られた。

屋敷に来たばかりの時とは打って変わって、皆の表情がすっかり明るくなっていることが、フィリアにも嬉しくて堪らなかった。

すっかり夜の帳が下りた窓の外からは、明るい満月が覗いていた。

＊＊＊

話が弾むうちにあっという間に時間は過ぎていき、ルディが眠そうに目を擦ったのを見て、フィリアははっとして口を開いた。

「ルディ、ごめんなさい。もう、遅い時間ね」

「ううん、大丈夫。僕もとっても楽しかったし」

欠伸を噛み殺したルディを見つめて、サムは優しい笑みを浮かべた。

「では坊ちゃん、そろそろ休みましょうか。……メイナード様とフィリア様は、どうぞお部屋に戻ってお休みください」

メイナードは、サムに向かって微笑んだ。

「サム、ありがとう。ルディ、遅くまで付き合わせてしまったが、ゆっくり休んでくれ」

「はーい。おやすみなさい、兄さん、フィリア義姉さん」

「おやすみなさい、ルディ。よい夢を。サムも、どうもありがとう」

フィリアはメイナードと並んで、階段を上って行った。メイナードの部屋の前まで来ると、彼はフィリアに尋ねた。

「フィリア、君に相談があるのだが、いいかな?」

「ええ、もちろんです」

少し緊張した様子で、軽く頬を染めているメイナードに、何の話なのだろうとフィリアが内心で首を傾げていると、彼の部屋に入って扉を閉めてすぐに、その腕の中にすっぽりと包まれるようにして抱き締められていた。

「メイナード、様……?」

突然の力強い抱擁に胸をどきりと跳ねさせたフィリアに、メイナードは続けた。

「フィリア。君は、僕の人生に信じられないような奇跡を起こしてくれた。ありがとう」

メイナードの腕の中で、フィリアは頬を染めながら微笑んだ。

「こちらこそ、私のことを妻に迎えてくださって、これ以上の幸せはありません」

彼は嬉しそうに腕を解くと、フィリアに熱く口付けた。

眩暈のするような甘い口付けに、足がふらついたフィリアを、メイナードはふわりと抱き上げてベッドへと運ぶと、ベッドサイドに腰かけさせた。

「フィリア。僕が呪いを受けていた時には、さすがに君に申し訳なく思って言い出せなかったのだが……」

少し逡巡してから、メイナードは続けた。

「これから、僕たちの寝室を一緒にしないか？」

「……!!」

メイナードの言葉に、フィリアは真っ赤になりながらもこくりと頷いた。

「はい、メイナード様」

ほっとした様子で、メイナードはフィリアの身体を抱き締めた。

「君は、僕の呪いを解いてくれただけじゃない。これほどに、誰かを愛しいと思えるものなのだと、僕はフィリアに会って初めて知ったんだ」

彼女のオッドアイを覗き込んだメイナードは、そっと彼女の頬に掌を滑らせた。

「愛する女性と過ごす幸せを僕に教えてくれたのは、ただ一人君だけだよ、フィリア」

メイナードはもう一度フィリアに優しく口付けてから、彼女の前に跪(ひざまず)くと、熱の籠もった瞳でフィリアを見つめた。

「僕の人生をかけて、君を幸せにするために力を尽くすと誓うよ。僕に、生涯君を守らせてくれるかい？」

「はい。こちらこそ、よろしくお願いいたします」

頷いたフィリアは、立ち上がった彼に再び抱き締められていた。

「呪われていた僕と、あんな形で式を挙げてもらったが、改めて、愛しい君に伝えたかったんだ」

信じられないほど美しいメイナードの笑顔と、そして彼の纏う色気にくらくらしながら、フィリアはしみじみと幸福を噛み締めていた。

彼の瞳を見上げながら、フィリアは微笑んだ。

「私も、力の限りメイナード様をお支えすると誓います。ずっとメイナード様のお側に置いていただけるなんて、まだ夢を見ているようです」

ぽうっと頬を染めているフィリアの髪を、メイナードは柔らかく撫でた。そして金の髪留めをそっと外し、そのまま彼女の髪をさらりと梳いた。鼓動がどんどん速くなっていくのを感じていたフィリアの耳元で、彼は囁くように続けた。

「今夜、君と一緒に眠っても？」

「……はい」

結婚式の日の夜とは違い、元の逞しい身体と美しさをすっかり取り戻したメイナードの顔を、フィリアは恥ずかしくて直視することができなかった。

そんな彼女を見つめて、メイナードはくすりと笑みを零した。

「本当にフィリアは可愛いね」

ベッドサイドに腰かけていた彼女を、メイナードはそっと抱き上げてベッドの中央に運んだ。そして、彼女の唇だけでなく、目元や髪、そして首筋へと順番にキスを落としていった。

「メイナード、様……」

フィリアの口から、思わず甘い声が漏れた。彼の唇が触れたところが、どこも燃えるような熱を帯びているようにフィリアには感じられた。

どこまでも優しいメイナードの触れ方に、身体が甘く切なく溶けてしまいそうだと思いながら、フィリアは彼の腕に身を預けて、そっとその瞳を閉じた。

窓の外から白く輝く月の光が、静かに二人のことを包んでいた。

番外編二　温かな思い

アンジェリカの部屋のドアが、控え目にノックされた。

「あなたにお客様よ、アンジェリカ」

ベッドに身体を横たえている彼女の顔を遠慮がちに覗き込んだ母に対して、彼女は顔を背けながら言った。

「すぐに帰っていただいて。私、誰にも会うつもりはないって、そうお母様にお伝えしたでしょう?」

「でも……」

アンジェリカの頼みには普段ならすぐに折れる母が、躊躇いがちに視線を泳がせている様子に、彼女は苛立って続けた。

「私、気分が悪いの。もう、一人にしていただけないかしら?」

「……」

母は小さく溜息を吐くと、アンジェリカを一瞥してから彼女の部屋を後にした。

部屋のドアが閉まる音を聞きながら、アンジェリカは思うように身体が動かないもどかしさを抱えて寝返りを打った。

(まだ、身体のことだけなら人にも会えたかもしれないけれど。こんな顔では……)

そっと頬に手を伸ばしたアンジェリカは、ざらりと固い感触に身を震わせた。真っ赤に変色して爛れた、顔の左半分の皮膚は、未だに治る気配が微塵も感じられない。

「どうして、こんなことに」

悔しげにそう呟いた彼女の耳に、再びドアをノックする音が届いた。アンジェリカは、どうにか上半身を起こすと、ドアに向かって怒鳴りつけた。

「いい加減にしてください、お母様」

彼女の言葉にもかかわらず、ドアは静かに開いた。母の後ろに覗いていたのは、一人の青年の姿だった。

（……最悪だわ）

醜くなった自分の顔を彼から隠すように、アンジェリカは慌ててブランケットを引き上げた。

彼女に向かって、青年は丁寧に頭を下げた。

「アンジェリカ様。無理を言って通していただいて、申し訳ありませんでした」

「あなたは……？」

爛れていない顔の右半分をブランケットの陰から覗かせると、彼女は眉を顰めて彼を見つめた。

細身で長身の青年は、アンジェリカに穏やかな笑みを向けた。

「以前に貴女様の回復魔法で助けていただいた、魔術師団のオーブリーと申します。その節は、お世話になりました」

「ああ、あなたはあの魔物討伐の時の……」

彼女の頭に、足に大怪我を負って地面に蹲っていたオーブリーの姿が浮かんだ。

彼は、魔術師団でもさして注目されるほどの腕前の持ち主ではなかった。むしろ、攻撃魔法の使い手としては、後方からの支援を専門とする、あまり目立たない役回りだと言ってもよかった。茶色い髪に同色の瞳をしたその容姿も、清潔感は感じられるものの、取り立ててこれといった特徴はない。

それでもアンジェリカが彼のことを覚えていたのは、魔物討伐で深い森へと分け入った時、同じく後方にいた彼女の足元に近付いていた毒蛇に気付いて、退治してくれたことがあったからだった。

オーブリーは驚いた様子で、嬉しそうに笑みを深めた。

「まさか、私のことを覚えていてくださったとは思いませんでした。光栄に思います、アンジェリカ様」

彼の笑顔に、アンジェリカは不審そうに目を瞬いた。

(オーブリー様、さっき、私の顔を見たのではなかったのかしら……？)

アンジェリカの治療を担当した魔術師が、彼女の皮膚を見て顔を歪めたことを思い出しながら、彼女は彼を探るように見つめた。

「ここに、何をしにいらしたのですか？」

「アンジェリカ様に、薬を持ってまいりました」

「……薬？」

「はい」

オーブリーは、ポケットの中から二つの小瓶を取り出した。一つの瓶の中には澄んだ液体が、もう一つの瓶の中にはクリームのようなものが入っていた。

「こちらは飲み薬で、身体全体の治癒力を高めるものです」

澄んだ液体の入った瓶を、彼はアンジェリカのベッド脇のテーブルにことりと置いた。それから、彼はもう一つの瓶の蓋を開けた。

「もう一つは塗り薬なのですが、少し塗り方にコツがいるのです。不躾で恐縮なのですが、効き目は確かですので、私に塗らせていただいても？」

「えっ、ちょっと……！」

戸惑ったアンジェリカの手から滑り落ちたブランケットの陰から、爛れた左半分が露わになった。

あからさまに不機嫌になり、目をふいっと逸らしたアンジェリカに向かって、オーブリーは指先に塗り薬を取った。

「失礼します」

「……勝手にして」

彼の指先が、赤く変色した肌に触れた。ひんやりとした塗り薬の感覚に、アンジェリカの肩がぴくりと跳ねる。

「ご不快でしたら、申し訳ありません」

そう謝りつつも、オーブリーは手を止めることなく、彼女のざらつく肌に丁寧に薬を塗り込んでいった。

(いったいこの方、何のつもりなのかしら？)

ちらりとアンジェリカが彼の顔を見上げると、彼は真剣そのもので、醜く爛れた彼女の肌を全く意には介していない様子だった。労わるような彼の優しい手付きに、アンジェリカもふっと緊張が緩むのを感じていた。

そんな彼女の表情の変化に気付いたのか、オーブリーは柔らかな笑みを浮かべた。

「今回の分の塗り薬は、これでおしまいです。これはあまり日持ちがしないので、また改めて後日持ってまいります」

「もう、ここには来てくださらなくて結構よ」

目を伏せたまま、素っ気なくそう言ったアンジェリカに、彼女の母がとりなすように口を開いた。

「アンジェリカ。オーブリー様は、高名な医者の家系でいらっしゃるの。スウェル伯爵家の名前を、あなたも聞いたことがあるでしょう？」

（オーブリー様は、あのスウェル伯爵家のご子息だったの？　だから、お母様は彼をここに通したのね）

魔術師団では時と場合に応じて、回復魔法と薬は使い分けられていた。症状によっては、薬の方が効くこともあれば、薬に回復魔法を込めるような場合もある。スウェル伯爵家は製薬の面でもよく聞く名前だ。

口を噤んだままのアンジェリカに対して、オーブリーは穏やかな口調で続けた。

「飲み薬は少し苦味がありますが、後で飲んでみてください。比較的すぐに効果を実感されると思います」

オーブリーは彼女に微笑み掛けた。

「また後日、薬を持って伺います。でも、これらの薬に効果がないと思われたなら、その時は私を追い返してくださって構いません」

彼は一礼すると、彼女の部屋を後にした。

（……変わった方ね。冷たい言葉を返したのに、こんなに醜くなった私のところに、わざわざまた薬を持ってこようと思うなんて）

控え目に見えて、実は意思の強そうなオーブリーの後ろ姿を、アンジェリカは意外に思いながら見送っていた。

＊＊＊

オーブリーが訪ねてきた日の翌朝、アンジェリカは久し振りにすっきりとした気分で目が覚めた。竜の攻撃を受けてからというもの、重く怠い感覚が続いていた身体が、少し軽くなったようだった。

ベッドからそろそろと起き出し、鏡台の前まで壁を伝ってゆっくりと歩いて行ったアンジェリカは、鏡に映った自分の顔を見て思わず声を上げた。

「頬の赤味が、引いてきているわ」

まだ肌の感触はざらざらとしていたけれど、初めて見えた回復の兆候に、アンジェリカは信じられないような気持ちでいた。

「これも、あのオーブリー様の薬のおかげなのかしら」

アンジェリカは、オーブリーが帰った後、母に彼のことを尋ねていた。魔術師団にいた彼の顔を辛うじて覚えていた程度で、以前は何の興味もなかったし、詳しいことは知らなかったからだった。

母によると、彼はスウェル伯爵家の三男という話だった。彼は、アンジェリカにかつて助けられた御礼にと、彼女の症状に効きそうな薬を持参してくれたそうだ。

（彼は、次はいつ、あの薬を持ってきてくださるのかしら）

オーブリーに冷たい言葉をかけてしまったことを少なからず後悔しつつ、アンジェリカはそう考えていた。

以前にアンジェリカを診た回復魔法の使い手も医者も、彼女が一命を取り留めるのには一役買ってくれたものの、彼女に残る症状に有効な手立てを持ち合わせているようには見えなかった。さらに、高いプライドが邪魔をして、アンジェリカはこれまで極力人を遠ざけていた。

そんな中で、久し振りに接した外部の人間であるオーブリーの優しい態度が、思いのほか彼女の心を温めていた。

そわそわとしながら薬を待っていたアンジェリカの元を、オーブリーが再び訪れたのは、初めての訪問から三日後だった。

今度は、顔の左半分を扇子で隠しながらも、アンジェリカは彼に対して笑みを向けた。

「来てくださったのね、オーブリー様」

「はい。お約束した通りです。……お身体の具合はいかがですか、アンジェリカ様？」

「まあまあかしら。いただいた薬、悪くはなかったみたい」

素直ではないアンジェリカの言葉にもかかわらず、オーブリーは嬉しそうににっこりと笑うと、前回持参したのと似た瓶を二つ取り出した。今回も、一つには液体が、そしてもう一つにはクリーム状のものが入っていた。

期待を込めて薬瓶を見つめたアンジェリカに向かって、彼は口を開いた。

「こちらは、前と同じ飲み薬です。塗り薬の方は、また私に塗らせていただいても構いませんか？」

「ええ、お願いするわ」

やや躊躇いながらも、そろそろと扇子を下ろしたアンジェリカの顔に、オーブリーはまた指先で薬を塗っていった。その慣れた手付きに、アンジェリカは彼に尋ねた。

「一つ、伺ってもいいかしら？」

「ええ、どうぞ」

「オーブリー様は、医者の家系に生まれたのに、どうして魔術師になったの？」

魔術師の社会的評価は確かに高かったけれど、医者も社会的評価の高い職業の一つだった。数少ない回復魔法の使い手のほかに、怪我人や病人を治せる腕の良い医者は貴重だったからだ。

それに、アンジェリカから見ると、温厚なオーブリーには医者の方が合っているようにも思われた。

薬を塗る手は止めないままに、オーブリーは軽く苦笑した。

「家を継ぐのは長兄ですし、それに、兄たちに比べて私は才能がなかったので。私にはある程度の魔力が認められたこともあり、魔術師の道を志すことにしたのです」

「ふうん、そうだったの。あなたは、医者にも向いているような気がするけれど」

アンジェリカの言葉に、オーブリーは瞳を瞬いた。

「なぜ、そう思われたのです？」

「あなたが、優しいから」

思わずそう言ってしまってから、アンジェリカはかあっと頬を染めていた。大怪我を負い、美しかった顔が爛れてしまってからというもの、頑なに引き籠っていた彼女には、彼の穏やかな瞳や、触れる手の温かさが染みるように感じられていた。

驚いた様子で言葉を失っていたオーブリーに向かって、恥ずかしさを隠すように、アンジェリカは早口で続けた。

「……だって、私のこの醜くなった顔を見ても、あなたはちっとも嫌な顔をなさらないし。今だって、気味悪く爛れた私の肌に、直接触れてくださっているし……」

両親を含め、アンジェリカの変わり果てた顔を見た誰もが、ショックを受けたように顔を引き攣らせていたのに、オーブリーにはそれがなかったことが、彼女を安堵させていた。

オーブリーは、薬を塗る手を止めないままに、アンジェリカの顔をじっと見つめた。

「アンジェリカ様は、今もお美しいですよ」

真っ直ぐなオーブリーの瞳を見つめ返すと、彼女は乾いた笑みを漏らした。

「お世辞は結構よ。今の私には、返してあげられるものも何もないし」

オーブリーは少し口を噤むと、薬をアンジェリカに塗り終えてから、彼女に向かってゆっくりと口を開いた。

「そのように、ご自身を卑下なさらないでください。今まで、アンジェリカ様は聖女としてたくさんの人々を救ってくださいましたし、私も貴女様に救われた一人です。今、お身体を悪くされているからといって、貴女様の存在価値がなくなるわけでは、決してありませんよ」

「……」

アンジェリカには、彼に返す言葉が思い浮かばなかった。かつて自身の婚約者だったメイナードが呪いを受け、力を失くして英雄とは程遠い姿になってしまった時、真っ先に彼を見限ったのがアンジェリカだったからだった。

目を伏せた彼女に向かって、彼は感謝を込めた微笑みを浮かべた。

「私が怪我をして動けなくなっていたあの時、貴女様に回復魔法をかけていただいていなかったなら、私は魔物に襲われて命を落としていたかもしれません。あの時の御恩を、私は忘れません」

また来ます、お大事にとの言葉を残して、オーブリーは彼女の前を辞した。

彼が帰ってしまうのを少し寂しく感じたことに、アンジェリカは自分でも驚いていた。

オーブリーは、それからも三日に一度ほどアンジェリカの元を訪ねてきた。魔術師団の遠征などで来られない時には、事前に彼女へ予定を告げていた彼だったけれど、そういう時に限って、アンジェリカは時間が経つのがいつもよりも長く感じられた。

彼が訪ねてくる回数を重ねる度、アンジェリカの身体は薄皮を剝ぐように、少しずつ回復に向かっていった。律儀に薬を持っては来るものの、すぐに帰ってしまうオーブリーのことを、アンジェリカはある日の帰り際に呼び止めた。

「オーブリー様。よろしければ、この後一緒にお茶をいかが？」

頬を染めながらそう言ったアンジェリカに目を瞠ったオーブリーは、嬉しそうに笑った。

「はい、喜んで」

　この頃には、アンジェリカは、ベッドから一人で出て歩ける程度には回復していた。けれど、ベッドから下りて、テーブルに向かおうと立ち上がったアンジェリカがふらりとよろけたのを見て、オーブリーは彼女の身体を抱き留めた。

「おっと、危ない。大丈夫ですか？」

「え、ええ。大丈夫よ」

　細身ではあっても、しっかりと力強い彼の腕に支えられて、アンジェリカの鼓動は速くなっていた。ますます頬に血を上らせながら、アンジェリカは彼の手を借りてテーブルの前の椅子に座ると、テーブルを挟んで座ったオーブリーの顔を見つめた。

　過去に婚約していたメイナードやダグラスとは違い、人目を惹くような華やかな美貌は彼にはない。

（以前の私なら、彼なんて見向きもしなかったでしょうね。でも……）

　目の前にいるオーブリーからは、育ちの良さと品が感じられた。何より、その穏やかな笑みは、アンジェリカの荒んでいた心を最も癒やしてくれていた。

　メイドが運んで来た紅茶のカップを傾けてから、アンジェリカは彼に尋ねた。

「あなたに、教えていただきたいことがあるの」

「何でしょうか？」

　アンジェリカは、テーブルの上にある、さっき飲んで空になったばかりの薬瓶を見つめた。

「この薬に回復魔法を込めているのは、誰なの？　塗り薬にも、同じ魔力が込められているわよね？」

身体が回復してくるにつれて、鈍くなっていたアンジェリカの感覚も戻りつつあった。薬に込められている魔力は、彼女にも覚えのあるものに思えて仕方なかったのだった。

オーブリーは、ふっと口元に笑みを浮かべた。

「お気付きでしたか。これらの薬には、妹君のフィリア様が回復魔法を込めてくださっているのですよ」

「やっぱり……」

アンジェリカは、よく効く薬の謎が解けたような気がしていた。いくらスウェル伯爵家のオーブリーが持参してくれた薬とはいえ、あまりに効果が高いことを、彼女は多少訝しんでいた。

誰か優れた回復魔法を使える者が協力していない限り、これほど効く薬は作るのが難しいように思われていたところ、そこに込められている魔力がだんだんと感じ取れるまでに、彼女の身体は回復していたのだった。

「どうして、フィリアが？」

怪訝そうに、アンジェリカは目を瞬いた。今まで彼女が散々虐げてきたフィリアから手を差し伸べられたことに、多少なりとも困惑を覚えていたからだった。

オーブリーはじっとアンジェリカを見つめた。

「私は、研究所で働いているフィリア様と、以前から面識がありました。魔術師団に所属している私が、アンジェリカ様に助けていただいたことがあるのもフィリア様はご存知です。彼女の回復魔法の噂を耳にして、先日、アンジェリカ様向けの薬についてご相談しようと彼女のところに伺ったのですが……」

彼は優しく微笑んだ。

「私が口を開く前に、フィリア様からも同じことを相談されましてね。身体を悪くしている姉のところに、できれば薬を持っていってはもらえないか、と」

「そうだったの……」

言葉少なにそう返したアンジェリカに、彼は続けた。

「フィリア様も、仰っていましたよ。聖女として多くの人を救ってきたアンジェリカ様の努力を、ずっと近くで見てきたのだと。そんな貴女様のお身体が少しでも良くなるように、今の自分にできることをさせて欲しいのだと」

「フィリアが、そんなことを……？」

「ええ。それで、フィリア様に、竜の毒に効くと思われる薬の成分を伺いながら、私が兄の手を借りて調合した薬に、回復魔法を込めていただいていたのですよ」

どうして、という気持ちが湧き上がってくるのと同時に、妹の思いやり深さをそれまで軽視していた自分の浅はかさが、アンジェリカには初めて恥ずかしく感じられていた。

薬に込められていた魔力からは、アンジェリカの回復を心から願う、フィリアの温かな思いが感じられるような気がした。

「あなたが薬を調合してくださっていたのね、感謝しているわ。あの子にも、お礼を伝えておいていただけるかしら？　……それから、もう一つ伺いたいのだけれど」

彼女はオーブリーを見つめ返すと、少し首を傾げた。

「あなたは、どうして私のためにここまでしてくださるの？　確かに、私は以前あなたに回復魔法をかけたけれど、こんなに幾度も薬を作って、足繁く私の元に通っていただくほどのことはしていないと思うわ」

当時聖女だったアンジェリカにとって、怪我人を癒すことは仕事であり、彼も大勢の怪我人の一人に過ぎなかった。けれど、彼女の言葉に、オーブリーはかあっと顔を赤らめた。

「……察していただきたいところですが」

そう独り言のように呟いてから、彼は小さく息を吐くと、思い切ったように顔を上げた。

「アンジェリカ様のことを、私は以前から密かにお慕いしていたのです。貴女様に婚約者がいらっしゃったことは当然知っていましたし、想いが叶わないことは十分に承知の上でしたが」

「……！」

みるみるうちにその目を見開いたアンジェリカの頬も、ふわりと熱を帯びていた。オーブリーは恥ずかしそうに視線を下げた。

「ご不快に思われたなら、申し訳ありません。私の気持ちは分不相応なものだと承知しております。お嫌でしたら、今後私に会ってくださらなくても構いませんが、薬だけはこれからもお持ちしますので、その点はご安心ください」

アンジェリカは、今までにない感情が胸の中に広がるのを覚えていた。それは、それまで社会的評価を何より優先してきた、打算的だった彼女にとっては感じたことのなかった、穏やかで甘いときめきだった。

「可愛いわね、オーブリー様」

くすりと笑ったアンジェリカの顔を見て、オーブリーはどぎまぎしながらさらに顔を真っ赤に染めていた。アンジェリカは、そんな彼を見つめながら続けた。

「私、あなたが来てくださるのを、いつも楽しみにしているの。薬を持って来てくださるからだけではなくて、オーブリー様にお会いすることが、いつの間にか私の支えになっていたみたい」

予想外の言葉に、ぽかんとして彼女を見つめ返したオーブリーに、アンジェリカは再び微笑み掛けた。

「あなたといると、心地がいいのよ。これからもお待ちしているわ。……でも、私のこの顔も、身体も、きっと完全に治ることはないと思うわ。それでも構わない？」

はにかみながらそう告げたアンジェリカに、オーブリーは顔を輝かせながら頷いた。

「はい。今のアンジェリカ様のことも、私は以前のまま変わらずお慕いしていますから」

彼の言葉に、幸せそうな笑みがアンジェリカの顔に浮かんだ。

(不幸のどん底に落ちたと思っていたのに、不思議なものね。こんなに満ち足りた気持ちになるのは、生まれて初めてかもしれないわ)

温かな感情が胸を満たすのを感じながら、アンジェリカは優しい人柄が滲み出ているオーブリーを見つめて頬を染めた。

弱い立場に立ってようやく、差し伸べられる手の温かさと、そのありがたみを知った彼女は、今まで凝り固まっていた自分の価値観が、いかに表面的で虚しいものだったかにも気付き始めていた。

アンジェリカは、彼に薬を持ってくるよう託してくれたフィリアに、胸の中で小さく感謝の言葉を唱えていた。

番外編三　幸福な時間

ある朝、メイナード、フィリアとルディが朝食を摂っている時、ルディがもぐもぐと口を動かしながら目の前の二人に尋ねた。

「ねえ、兄さん、フィリア義姉さん。二人は、まだ新婚旅行には出かけないの？」

ルディの言葉に、メイナードとフィリアは目を見合わせた。

「でも、それではルディを一人にしてしまうことになるし……」

戸惑いながらそう言ったフィリアに、ルディは笑顔で首を横に振った。

「僕なら大丈夫だよ！　サムだって家にいるし、二人の旅行中くらい待っていられるよ。それにさ」

ルディは明るい瞳でフィリアとメイナードを交互に見つめた。

「結婚してからも、フィリア義姉さんは兄さんの看病をしてばかりだったし、兄さんが元気になってからも、二人でゆっくり休むこともなかったじゃない。せっかくだし、二人で羽を伸ばしておいでよ」

メイナードがルディの言葉に頷いた。

「そうだな。実は、そのことも考えてはいたんだが、ルディがそう言ってくれるなら、次の休みに旅行するのもいいかもしれないな。君はどう思う、フィリア？」

ルディがきらりと瞳を輝かせてフィリアを見つめた。

「遠慮はいらないからね、フィリア義姉さん！　でも、できたらお土産を買ってきてくれたら嬉しいなあ」

彼の言葉に、フィリアはくすりと笑みを零した。

「もちろんよ、ルディ。では、ルディのお言葉に甘えて、メイナード様と旅行に行ってこようかしら」

フィリアがメイナードに視線を移すと、彼もフィリアの言葉ににっこりと笑った。

「では、後で旅行の計画を立てようか」

「はい、メイナード様。ルディ、私たちを気遣ってくれてありがとう」

「どういたしまして。楽しんできてね！」

にこにこと笑うルディに、メイナードとフィリアも明るい笑みを返した。


朝食後、フィリアはメイナードの部屋を訪れていた。

「フィリアは、どこか行ってみたい場所はあるかな？」

「そうですね……。メイナード様は、レナリスと呼ばれる町はご存知ですか？」

フィリアの言葉に、メイナードは小さく首を傾げた。

「地名を聞いたことはあるが、詳しくは知らないな。フィリアは、そのレナリスの町に行きたいのかい？」

「ええ、もしできるなら。……私も、レナリスを訪れたことはないのですが、ちょうど初夏のこの時期に、年に一度の祭りが開催されるのだそうです。メイナード様がよかったら、一緒に行けたらと思いまして」

「ほう、それはどんな祭りなんだい？」

「神々への感謝を捧げる祭りなのですが、祭りの時期には神々が地上に降りてくると言い伝えられているそうです。人間からの感謝の祈りが神に届くと、レナリスの高い塔の上にある鐘が鳴ると言われています。そして……」

フィリアはほんのりと頬を染めて、メイナードを見つめた。

「その鐘の音を聞いた恋人たちは、生涯固い絆で結ばれて、幸せになると言われているそうなのです」

彼女の言葉に、メイナードは嬉しそうに口元を綻ばせた。

「それは素敵だね、フィリア。僕も、是非君とレナリスに行ってみたくなったよ。新婚旅行にもぴったりだ」

「そう言っていただけて、よかったです」

にっこりと笑ったフィリアを、メイナードは愛しげに抱き締めた。

「フィリアが側にいてくれること自体が、僕にとっては一番の幸せなんだ。もちろんレナリスの町に行くのも楽しみだが、君と一緒に出かけられるというだけで、胸が弾むよ」

メイナードは、身体が回復してからも、常にフィリアへの感謝を忘れず、いつも愛情に満ちた言葉をかけてくれていた。そんな彼の美しい顔を、フィリアは胸を跳ねさせながら彼の腕の中から見上げる。

（……私、こんなに幸せでいいのかしら）

愛されていることをしみじみと実感していたフィリアの両目を、彼のアメジストのような輝きの強い瞳が楽しげに覗き込んだ。

「僕も、レナリスの町のことを調べておくよ。君と訪れるのが、とても楽しみだ」

「ふふ。私もです、メイナード様」

二人は見つめ合うと、にっこりと笑った。

＊＊＊

長い橋を馬車で渡りながら、フィリアは馬車の窓から外を眺めて小さく歓声を上げた。

「わあっ、綺麗……」

青い海へと続く広い川面が、穏やかな陽光を受けてきらきらと輝く様子に、フィリアは目を細めていた。メイナードも、窓から外の景色を眺めると彼女に微笑みかけた。

「本当だ、綺麗だね。フィリアはもしかして、海を見るのは初めてなのかい？」

「はい、そうなのです。すみません、つい、はしゃいでしまって」

恥ずかしそうにふわりと頬を赤らめたフィリアを見て、メイナードは明るく笑った。

「いや、そんなフィリアも凄く可愛いよ」

フィリアの頬に軽く口付けると、彼は優しい瞳で彼女を見つめた。

「旅行というのも、いいものだね。普段は落ち着いている君の違う一面を、こうして見ることができるなんて」

メイナードに肩を抱き寄せられながら、フィリアはますます頬を赤く染めていた。

「私も、初めての景色をメイナード様と一緒に見ることができて、嬉しいです」

馬車の前方には、白い石造りの建物が並ぶ、美しい街並みが見え始めていた。

レナリスは、海沿いにある歴史ある町だった。大きな港があり、古くから貿易の要所として栄えた一方で、地上で初めて神々が降り立った町とも伝えられ、神々への信仰のもと、豊かな自然も残されている。

町の中はどこも華やかに祭りの飾りつけがなされ、活気に溢れていた。メイナードとフィリアは、海辺にも程近い、眺望に優れた瀟洒な宿に馬車をつけて荷物を預けると、賑わいを見せる町の通りへと足を向けた。

多くの人々が楽しげに行き交う町の中を、フィリアはメイナードと並んで歩いていた。町に並ぶ由緒ある佇まいの店に加えて、そこここに、たくさんの祭りの屋台も軒を連ねている。

うきうきとした様子のフィリアを、メイナードはにこやかに見つめると、彼女の手を優しく取った。

「人が多いから、はぐれないように気を付けよう」

「はい、メイナード様」

繋いだ手の温かさが、フィリアにはとても嬉しかった。メイナードと手を繋ぎ、祭りの雰囲気を楽しみつつ、時折屋台を彼と覗き込みながら歩いていたフィリアは、自分たちにちらちらと向けられる視線に気が付いた。

(あら?)

すれ違う人々の中でも、特に若い女性たちが、頬を染めながらメイナードの姿を振り返っていた。

穏やかな陽光に、メイナードの艶やかな黒髪が輝き、品のある美しい顔立ちが照らされているのを見て、フィリアも改めてほうっと感嘆の息を吐いていた。

（やっぱり、お美しいメイナード様は人目を惹くのね。今まで、ほとんど二人で外出はしてなかったから、このような機会はあまりなかったけれど……）

彼をじっと見上げていたフィリアに気付いて、メイナードは小首を傾げた。

「どうしたんだい、フィリア？」

「いえ、あの……。メイナード様はお美しいなと、改めてそう思っていました。さっきから、幾人もの方が、メイナード様を振り返ってらしたような気がして」

メイナードはふっと笑みを零すと、繋いでいた手を解いて、フィリアの腰に腕を回した。今までよりも近付いた彼の身体に、彼女の胸はどきりと跳ねた。

「可愛い君を見ていたんじゃないかと、僕は思うけれどね。少なくとも、僕が見ているのは君だけだから」

フィリアは頬にかあっと熱が集まるのを感じながら、側を行き交う年頃の娘たちから向けられる、どこか羨ましげな視線を感じた。けれど、それを遮るように、メイナードに間近から彼女のオッドアイを覗き込まれた。

「こんなに綺麗で優しい君の隣で歩くことができて、僕はなんて幸せ者なんだろうと思うよ」

美麗な笑みを浮かべながら、照れる様子もなく真っ直ぐな瞳でそう言う彼に、フィリアはすぐに白旗を上げた。やきもちを焼きそうになっていた自分が、少し恥ずかしく感じられた。

「その言葉、そのままお返しいたしますわ。メイナード様」

目を見合わせて、くすくすと笑い合った二人は、レナリス名産の海産物や、珍しい舶来の果物などを味わったり、ルディへの土産物を見繕ったりしながら、ゆったりと街歩きの時間を楽しんだ。

旅行の記念にと、メイナードはフィリアに、美しい真珠があしらわれたネックレスと、虹色の貝で覆われた宝石箱を贈ってくれた。フィリアもメイナードへと、彼によく似合う深い紫色のシルクのタイを、一緒に選んでプレゼントした。


陽が傾いて来た頃、港の横にある広い浜辺で大きな篝火が焚かれ、澄んだ笛の音色が辺りに響き始めた。

「あっ、始まったみたいですね」

重なり合う笛の音に耳を澄ませながら、天に向かって燃え上がる篝火を指差したフィリアに、メイナードも瞳を細めて頷いた。

「ああ、いよいよのようだね。もう少し、あの篝火に近付こうか」

「はい」

メイナードに腕を取られて、フィリアは夕陽を受けて橙色に染まり出した浜辺に向かった。篝火の周りを囲むように集まっている群衆に交じると、ぱちぱちと勢いよく火がはぜる音が、波の音に混じって二人の耳に届いた。

その浜辺を見下ろす位置にある高台に、細く高い白亜の塔が建っていた。木々に囲まれた中から、高く顔を覗かせている塔の天辺には、背中に大きな翼を広げた白い天使の像がある。その天使の右手には大きな金色の鐘が下げられているのが、二人からも遠目に見えた。

「祈りが神々に届くと鳴ると言われているのは、あの天使が手にしている鐘のようですね」

瞳を瞬いて、塔の天辺に見える鐘を遠く見上げたフィリアに向かって、メイナードが口を開いた。

「ここは海風が強く、あの塔も、風の流れを考慮して建てられたそうだ。風に煽られるようにして、時折あの鐘が鳴るようなのだが、この祭事の際には、毎年、ちょうど感謝の祈りに合わせたように鐘が鳴るらしいんだ」

下調べをしてきてくれた様子のメイナードに、フィリアは笑い掛けた。

「そうなのですね。何だか神秘的ですね」

次第に群青色に沈んでいく空の下、勢いよく燃える篝火の元で奏でられていた笛の音の調子が、少しずつ緩やかに高く、そして細くなった。

周りの人々が、目を閉じて下を向き、静かに胸の中で祈り始めたのに合わせて、メイナードとフィリアも周囲に倣った。

(神様。メイナード様を呪詛から救うのを助けてくださって、そして私を大好きな彼のお側にいさせてくださって、本当にありがとうございます)

それは、フィリアが心から神に捧げた言葉だった。彼女が感謝の祈りを唱えていると、瞳を閉じたままの彼女の頬を、ふわりと温かな風のようなものが撫でていった。

(これは、何かしら……?)

フィリアは、涼やかな海風とも、熱気を帯びた篝火から舞い降りる風とも違う、確かな存在のある何かが自分の横を通り過ぎていったような、不思議な感覚を覚えていた。彼女の暗い瞼の裏側に、同時に不思議な淡い光が映るのを感じた気がした。

隣にいるメイナードと組んだ腕に、思わず少し力を込めたフィリアに気付いたのか、メイナードも瞳を閉じたまま、そっとフィリアに身体を寄せた。

その時、澄んだ鐘の音が辺りに鳴り響いた。フィリアは、隣にいるメイナードの身体の温かさを感じながら、空気を震わせるような、それでいて二人を柔らかく包み込むような鐘の音に耳を澄ませていた。

(心の奥にまで響くような、綺麗な鐘の音だわ)

胸に染み入る美しい鐘の音が消えていくまで、二人はしばらくじっと聞き入っていた。

鐘の音の余韻に浸っていたフィリアがそっと目を瞬くと、ちょうど目を開いたばかりのメイナードと目が合った。二人は揃って、群青に沈む空に仄白く浮かぶ塔の天辺へと視線を向けた。まるで塔を彩るかのように、澄んだ夜空には、たくさんの星々が零れ落ちそうに瞬いていた。

「ねえ、フィリア。君も、今感じた?」

視線をフィリアに移したメイナードから囁くように言われて、彼女はこくりと頷いた。

「やっぱり、メイナード様も感じていらしたのですね。何かが私たちの前を通り過ぎていくのを」

メイナードも頷くと、腕をフィリアに回して優しく抱き寄せた。フィリアは今の不思議な体験を反芻しながら、メイナードを見上げた。

「神々が本当にここに降り立ったのでしょうか? 何だか、私たちを祝福してくれているような、温かく柔らかみのある鐘の音でしたね」

ほうっと息を吐いたフィリアに、メイナードは微笑みかけた。

「僕も、フィリアと同じことを思っていたんだ。君と一緒にあの鐘の音を聞くことができて、よかったよ」

大きな篝火の前から、少しずつ人が散り始めた。フィリアは、メイナードに肩を抱かれながら、篝火に照らされた砂浜を歩いていく。

「少し、冷えてきたね」

メイナードは、フィリアが微かに身体を震わせたことに気付いて、羽織っていた上着をフィリアの肩にかけた。

「ありがとうございます。でも、それではメイナード様が寒くはありませんか?」

「僕は大丈夫。それに、フィリアが隣にいるから温かいしね」

彼の上着には、残っている彼の温もりがそのまま感じられた。

(メイナード様は、いつもさりげなく私を気遣って、大切にしてくださるわ)

優しい笑みを浮かべたメイナードを、フィリアは頬を染めて見上げた。

「メイナード様。目には見えなくても、神様はきっと存在しているのでしょうね」

彼と過ごせる奇跡のような幸福を噛み締めながら、しみじみとフィリアが呟くと、メイナードも彼女の言葉に頷いた。

「ああ。僕も、神への感謝を伝えたいと思っていたから、今日はちょうどいい機会だったよ。……愛しい君に出会えたこと、そして君とこうして一緒に過ごせること自体が、神が与えてくれた特別な贈り物のように思えるんだ」

フィリアは嬉しそうに笑うと、メイナードを見上げた。

「私も、大好きなメイナード様のお側にいられることを、神様に感謝していました。これほどの幸せが自分の人生に待っているなんて、以前は全く想像していませんでしたから」

メイナードは、フィリアの言葉に思わず足を止めると、堪らず彼女の身体をきつく抱き締めた。

「僕の大切なフィリア。愛しているよ」

淡い星明りの中、美しい彼の顔が近付き、そっと彼の唇がフィリアの唇に重ねられた。唇がゆっくりと離れると、二人は恥ずかしそうに微笑み合ってから、夜道を並んで歩き出した。

満天の星の下、二人の幸せがずっと続くよう、目に見えぬ存在が確かに見守ってくれているように感じながら、フィリアは隣にいる愛しいメイナードと繋いだ手に、そっと力を込めた。

あとがき

こんにちは、瑪々子と申します。この度は、「聖女の姉が棄てた元婚約者に嫁いだら、蕩けるほどの溺愛が待っていました」をお手に取ってくださり、とても嬉しく思います。

本作品のヒロインであるフィリアは、コンプレックスを抱えながらも、優しく思いやりがあり、仕事に一生懸命な女性です。華やかな姉の陰に隠れていたフィリアは、片想いをしていたメイナードを一途に支えながら、彼に愛されて自信を取り戻していきます。

一見、日の当たらない場所にいるようでも、その努力に気付いて認めてくれる存在は、意外と身近にいるような気がします。そして、いざ苦境に陥った時に、見放すことなく手を差し伸べてくれる人こそが、かけがえのない存在なのだろうと思います。それらのことを、フィリアの努力が報われ、憧れていたメイナードに溺愛されていく過程で描けたらいいな……という思いが、このお話の根底にあります。

本作品を書籍化していただくにあたっては、たくさんの方々に助けていただきました。編集者のT様には、本当にお世話になりました。適切かつ温かなアドバイスに救っていただき、とても感謝しております。そして、フィリアとメイナードを素晴らしい筆致で描いてくださった、天領寺セナ先生。驚くほど素敵な書影をいただいた時、二人の表情や雰囲気の描き方が理想的過ぎて、感激のあまり言葉を失いました。また、無事にこうして出版を迎えられたのは、校閲者様、デザイナー様、販売部の皆様、その他本作品に携わってくださったすべての方々のお蔭です。この場を借りて、心よりお礼申し上げます。

また、本作品のコミカライズも進行中ですので、どうぞお楽しみに！　私自身、とっても楽しみにしています。

最後に、この本をお手に取ってくださった皆様に、深くお礼申し上げます。読者の皆様に、誰より私が支えられています。皆様に本作品を楽しんでいただけることを、心から願っております。

ファンレターはこちらの宛先までお送りください。

〒110-0015　東京都台東区東上野2-8-7
笠倉出版社　Niμ編集部

瑪々子 先生／天領寺セナ 先生

聖女の姉が棄てた元婚約者に嫁いだら、蕩けるほどの溺愛が待っていました

2023年11月1日　初版第1刷発行

著　者
瑪々子

発 行 者
笠倉伸夫

発 行 所
株式会社　笠倉出版社
〒110-0015　東京都台東区東上野2-8-7
[営業]TEL　0120-984-164
[編集]TEL　03-4355-1103

印　刷
株式会社　光邦

装　丁
Keiko Fujii（ARTEN）

Niμ公式サイト　https://niu-kasakura.com/

ISBN　978-4-7730-6430-8
Printed in Japan